Werner Röschl

Sinepoi

Die sieben Leben einer Katze

Bibliografische Information der Deutschen Nationalbibliothek:
Die Deutsche Nationalbibliothek verzeichnet diese Publikation
in der Deutschen Nationalbibliografie; detaillierte bibliografische
Daten sind im Internet über http://dnb.dnb.de abrufbar.

© 2018 Werner Röschl
Herstellung und Verlag: BoD – Books on Demand,
Norderstedt.
ISBN: 9783748151470

Corsoma

Mein Name ist Aspunesio. Den kennt selbstverständlich außer meiner Mutter niemand. Das heißt, niemand dürfte ihn kennen, denn ich bin eine Katze. Oder genauer gesagt ein Kater. Gerade einmal drei Wochen alt, obwohl ich zu diesem Zeitpunkt natürlich keine Ahnung von Tagen oder Wochen habe. Mein ganzes Tagwerk beschränkt sich darauf, möglichst nahe bei meiner Mutter und bei meinen Schwestern zu sein und zu bleiben. Und wenn ich Hunger habe, sind Mutters Zitzen gerade richtig. Oder ich verschlafe und verdöse die Zeit.

Aber zurück zu meinem geheimen, beziehungsweise meinem richtigen und wahren Namen. Denn sobald jemand meinen richtigen Namen erfährt, hat er vollständige Macht über mich! Und dass dies das schlimmste ist, was einer Katze – oder wie in meinem Fall einem Kater – passieren kann, wird wohl jeder, der auch nur drei seiner sieben Sinne beieinander hat, verstehen!

Ich bin das vierte Kätzchen meiner Mutter und kohlrabenschwarz. Meine Mutter, Corsoma, – sie ist weiß und grau, wobei sie ein recht lustiges Gesicht hat, nämlich von den Ohren bis zum Kinn grau und rund um das zierliche Mäulchen so weiß wie ein Clown! – hat jedoch inzwischen nur noch zwei von ihren fünf Katzenkindern. Doch davon später. Viel bedeutsamer ist jedoch, dass meine vier Geschwister, das heißt eigentlich Schwestern, allesamt Katzenmädchen sind. Ich bin also der einzige Kater im Haus, wie man so sagt.

Natürlich habe ich auch noch einen Rufnamen, damit mich Mutter zu sich rufen konnte, wenn sie mir etwas erklären musste, oder wollte. Oder wenn sie der Meinung war, dass etwas unbedingt und unmissverständlich gesagt werden musste. Dieser Rufname war Sinepoi. Ich habe keine Ahnung, nach welcher Vorstellung Corsoma ihn ausgesucht hatte, aber mir gefiel er ganz gut!

Auch meine beiden noch bei uns wohnenden Schwestern haben ihre eigenen Rufnahmen: Singuina und Selesia. Singuina, die ältere der beiden Mädchen sah fast genauso aus, wie ihre Mutter, lediglich war ihr weißer Fleck im Gesicht an der rechten Wange und lief bis übers Kinn.

Selesia, also die Jüngere, war anstatt grau schwarz und weiß. Und auch sonst in keiner Weise bemerkenswert, symmetrisch oder sonst irgendetwas Besonderes, sondern so richtig bunt gemischt.

Etwa zur selben Zeit wurden zwei meiner Schwestern weggenommen und kamen nie wieder. Als unsere Mutter, die aus unerfindlichen Gründen auch kurz weg war, wieder von dem was ihr in dieser Zeit angetan worden war, zurückkam, waren sie jedenfalls nicht mehr da. Wir waren noch viel zu klein und unerfahren, um davon genaueres mitzubekommen. Mutter suchte sie jedenfalls zwei Tage lang vergebens. In unserer Unbedarftheit konnten wir ihr natürlich auch nicht helfen. Das heißt, wir beteiligten uns selbstverständlich ebenfalls an der Suche, aber leider mit demselben Ergebnis.

Über die beiden nicht mehr bei uns lebenden weiß ich so gut wie nichts, weil uns auch unsere Mutter nicht viel über sie erzählte, nicht einmal ihre Rufnamen. Und selbstverständlich erst recht nicht ihre geheimen Namen.

Diese Tatsache, dass die beiden erstgeborenen Mädchen nicht mehr bei uns waren, war wohl auch der Grund dafür, dass meine Mutter, sehr bald nachdem sie uns geboren hatte, mit einer schrecklichen Tatsache konfrontiert wurde. Sie wurde ihrer Fähigkeit beraubt, weitere Katzenkinder in die Welt zu setzen. Und das auch noch zum gleichen Zeitpunkt, während ihr ihre zwei ersten Kinder ebenfalls genommen wurden.

Was genau dabei geschah, hat sie uns Kindern nie wirklich mitgeteilt. Vermutlich weil sie selbst nicht genau wusste, was da mit ihr passiert war. Oder vielleicht wollte sie uns auch nur nicht mit so tiefgreifenden und auch verstörenden Eingriffen in ihr Leben belasten.

Wie auch immer. Wir waren immerhin noch zu dritt,

sodass uns die beiden Schwestern nicht wirklich abgingen. Alles in allem hatten wir ein beschauliches Leben, welches lediglich durch langweilige Lehrstunden unterbrochen wurde.

Wir lebten in einem kleinen Anwesen, in einem kleinen Dorf nahe eines Baches. Es war kein Bauernhof. Es gab keine weiteren Tiere oder sonstige landwirtschaftliche Gerätschaften und Tätigkeiten. Vielleicht ausgenommen diverser Werkzeuge, welche man vermutlich nicht nur landwirtschaftlich sondern auch für alle möglichen Tätigkeiten verwenden konnte.

Natürlich inspizierte ich das gesamte Gelände. Nicht nur allein das Wohnhaus, sondern selbstverständlich auch alle – vor allem diese! – Nebengebäude. Und das war eigentlich eine ganze Menge. Allen voran so eine Art Lagerhaus, in welchem etwa Äpfel, Erdäpfel, Getränke und andere Lebensmittel in kleineren abgeteilten Bereichen, Stellagen und anderem gespeichert waren.

Daneben gab es auch noch kleinere abgeteilte Bereiche, die offenbar von früheren Bewohnern oder eben halt überhaupt früher, vielleicht sogar für Tiere, genutzt wurden oder genutzt werden konnten. Ganz speziell diese Bereiche hatten es mir angetan, denn sie waren richtig bevölkert: Von Mäusen, von Spinnen, von Fledermäusen und sogar von Vögeln! Außerdem hatte dieser Teil keinen festen Boden, sondern war nur mit Erde, Sand und Kies belegt, in welchem sich herrlich herumgraben ließ.

Viele Häuser in diesem Dorf waren während der finsteren Monate des Jahres unbewohnt. Sie dienten einigen Bewohnern einer wahrscheinlich weit entfernten Stadt nur als Sommerresidenzen oder wurden sonst irgendwie kurzfristig genutzt.

Das alles wusste ich damals jedoch noch nicht. Ich war ausschließlich damit beschäftigt, die Gegend zu erkunden. Allerdings nur, wenn Corsoma es uns erlaubte. Mutter konnte sehr streng mit uns sein, wenn wir nicht in ihrem Sinne parierten!

Unter ‚die Gegend erkunden' meine ich, dass ich nicht nur

die umliegenden Felder, Wiesen und kleinen Wäldchen, den gar nicht so kleinen Bach, sondern auch die oftmals unbewohnten fremden Häuser inspizierte. Natürlich mit der gebotenen Vorsicht, denn man wusste nie, ob nicht ganz plötzlich doch jemand unvorhergesehen dort auftauchte!

An dieser Stelle vielleicht ein paar Worte zu den Bewohnern in unserem Haus. Es waren ein Mann und eine Frau, beide in einem Alter, in welchem es ihnen möglich war, ohne besondere Tätigkeiten ihr Leben nach eigenem Gutdünken zu gestalten. Sie lebten das ganze Jahr über in diesem Haus.

Nicht dass sie tatenlos in den Tag hineinlebten, das nicht, aber sie konnten eben tun, was ihnen gerade beliebte. Und es beliebte ihnen, kleine Katzen bei sich zu haben. Sie schienen davon derart angetan zu sein, dass es ihnen gar nicht auffiel, wie sehr unsere Mutter – in späterer Zeit auch wir – sie mit Beschäftigung versorgten.

Diese Beschäftigung erschöpfte sich keineswegs darin, uns mit Futter zu versorgen, nein, Futter hatten wir eigentlich genug in unsrer näheren Umgebung. Viel wichtiger war für uns, dass wir von ihnen ganz besondere Leckerbissen bekamen. Und natürlich auch die Sicherheit des Hauses selbst.

Mutter hatte auch sehr rasch herausgefunden, wo diese besonderen Leckerbissen gelagert waren, - nämlich in genau dem von mir Lagerhaus genannten Gebäude! – sodass sie, wenn sie Lust darauf hatte, unseren Leuten auch genau sagen konnte, was und wieviel sie wovon haben wollte. Selbstverständlich blieb uns Kindern das auch nicht lange verborgen und wir konnten genau wie unsere Mutter davon profitieren.

Was uns faszinierte, war die Tatsache, dass Mutter offensichtlich auch noch einen gänzlich anderen Namen hatte. Denn die Bewohner, die unser Haus bewohnten, nannten sie ‚Maunzel'. Jedes Mal wenn dieser Name von irgendjemandem gerufen wurde, spitzte sie die Ohren und horchte, ob sie auch wirklich gemeint war und eventuell gehen musste.

Meistens ging sie nicht. Es bedurfte offenbar eines bestimmten Tones, damit sie dem Ruf Folge leistete. Stimmte dieser Ton nicht, so drehte sie sich um und widmete sich weiterhin der gerade ausgeübten Tätigkeit. Meist war das nur Dösen. Oder sie beobachtete ein Fliege, eine Spinne oder sonst etwas Genießbares, das jedoch außerhalb ihrer Reichweite war. Immer in der Hoffnung, dass sich eine günstige Gelegenheit ergab, dieses Tierchen zu erhaschen. Und anschließend zu verspeisen, selbstverständlich.

Bei einer dieser Gelegenheiten erfuhr ich, dass auch wir Kinder recht sonderbare Namen von den Bewohnern dieses Hauses erhalten hatten. Zu Beginn achteten wir nicht weiter darauf; es schien uns ganz einfach nichts anzugehen. Als sie uns aber mit diesen seltsamen Namen ansprachen, als es keinen Zweifel darüber gab, dass nur wir damit gemeint sein konnten, begriffen wir es auch.

Meine beiden Schwestern hießen dann Rosini – woher diese Bezeichnung stammte, war uns nicht ersichtlich – und Scheckli – was anhand ihres Aussehens durchaus gerechtfertigt schien – anstatt richtig Singuina und Selesia. Und ich? Mich nannten sie Baghira. Wieso ihnen derart unmögliche Namen in den Sinn kamen, wo wir doch so schöne hatten, blieb uns ein Rätsel. Allerdings hatten sie selbst ebenfalls so komische Namen: Nämlich Luise und Jakob.

Mutter hatte uns erklärt, dass es unmöglich war, diesen Leuten unsere wirklichen Namen zu nennen. Denn erstens verstanden sie unsere Sprache nicht und selbst wenn, es wäre ihnen vermutlich gar nicht möglich gewesen, sie richtig auszusprechen. Und so blieb uns nichts anderes übrig, als uns mit diesen unverständlichen, meiner Meinung nach sogar schauerlichen Namen abzufinden.

Was wir jedoch von Mama lernten war, dass ihrem Ruf zu folgen, nicht unbedingt notwendig war. Lediglich wenn es ums Futter ging oder wenn etwas Interessanteres als das geschah, womit wir im Augenblick beschäftigt waren. Keinesfalls jedoch, wenn etwas geschehen war, wofür wir zwar nichts konnten, das uns aber angelastet wurde.

Man glaubt ja gar nicht, wie einfallslos Luise und vor allem Jakob waren! Es war ihnen offensichtlich nicht klar, dass ein zu nahe am Rande eines Tisches oder einer Kommode abgestelltes Glas oder Häferl oder auch Teller, ganz einfach geradezu darauf warteten, umgestoßen und in der Folge herabgestoßen zu werden, beziehungsweise herunterzufallen!

Ja vor allem Jakob war in dieser Hinsicht unbelehrbar, er achtete grundsätzlich nicht darauf, wo und wie er etwas abstellte. Und was war die Folge davon? Natürlich war es ihrer Meinung nach eine dieser unruhigen Geister, die nie wussten, was sie mit ihren Schwänzen alles anstellen konnten.

Aber es gab selbstverständlich auch Gelegenheiten, bei denen wir, wenn man schon unbedingt wollte, Schuld trugen. Das betraf beispielsweise Gegenstände, welche ganz offensichtlich zum Spielen gedacht waren. Was in der Folge natürlich dazu führte, dass beim spielen damit das eine oder andere dieser Dinge kaputt ging.

Und falls es im ursprünglichen Sinn gar nicht zum Spielen, speziell für uns, gedacht war, dann war das letztendlich auch nicht unsere Schuld, sondern im eigentlichen Sinn eine Unachtsamkeit von Luise und Jakob.

Als wir Corsoma fragten, ob sie wisse, was mit unseren verschollenen Schwestern geschehen war, äußerte sie sich nur undeutlich. Also sie waren nicht wirklich verschollen, sie waren nur ganz einfach nicht mehr bei uns. Sie, also Corsoma, meinte, sie hätte von anderen Katzenmüttern gehört, dass die meisten Katzenkinder zu anderen Leuten kamen, welche noch keine Katzen in ihren Familien hatten, aber so etwas wie Katzenliebhaber darstellten.

Das mit der neuen Familie interessierte mich ganz ungemein. Ich malte mir in den tollsten Farben aus, wie ich dort, ähnlich wie von Mama, in jeder Weise verwöhnt wurde. Immer stand irgendwo ein Schälchen Milch, irgendwo eines mit den köstlichsten Fischen und Mäusen ...!

Das beruhigte uns ungemein, denn wir schlossen daraus, dass es ihnen gut ging, da sie ja bei Leuten waren, die

Kätzchen mochten. Sofort sah ich ein wunderschön eingerichtetes Zimmer mit vielen weichen Pölstern und mit samtenen Decken am gesamten Boden. Und überall standen kleine Schälchen mit den ausgesuchtesten Leckereien!

Später, sehr viel später, erfuhr ich, dass das leider sehr oft überhaupt nicht stimmte. Oft waren die kleinen Kätzchen nur als Geschenk für kleine Leute, Corsoma nannte sie immer Kinder, welche dann entweder ihrer rasch überdrüssig wurden oder die Kätzchen gefielen ihnen gar nicht. In solchen Fällen kamen die Kätzchen dann in irgendein Tierheim, oder, was Gott sei Dank, nicht allzu oft vorkam, sie wurden irgendwo in der Wildnis ausgesetzt, was ihnen gar nicht bekam, da sie noch immer sehr stark von der Pflege ihrer Mutter abhängig waren.

Lehrstunden

Zunächst jedoch machte uns das keinen Kummer. Und dann holte Mama uns zurück auf den Boden des ernsten Lebens. Mama erklärte uns, wie es in solchen Heimen zuging. Selbstverständlich bekamen sie alle ausreichend Futter, aber ansonsten kümmerte sich niemand um sie.

Und noch viel erschreckender, sie waren in einem kleinen Raum, einem Käfig eingesperrt und durften nie ins Freie, durften nicht selbständig jagen und in der Gegend herumstreifen, bis sie nur noch traurig dahinlebten. Aber das Erschreckendste war, dass es niemanden gab, der für sie, nur für sie da war, der sie verwöhnte, der sie in den Arm nahm, streichelte und lieb mit ihnen spielte.

Als wir endlich ein wenig selbständiger wurden, das heißt so etwa mit vier Wochen, kam die Zeit der Schulungen. Zunächst ging es lediglich darum, zu tun, was Mutter uns anschaffte oder auch verbot. Man glaubt ja gar nicht, wieviel Dinge für uns gefährlich, oder wenigstens unangenehm waren oder werden konnten.

Zum Beispiel Hitze. Man denkt sich nichts dabei, springt irgendwo hinauf und steht urplötzlich auf einem glühend heißen Herd. Er sieht eigentlich gar nicht gefährlich aus, trotzdem ist er es in ganz besonderem Maße.

Oder Wasser. Natürlich konnten wir schwimmen – wenn es denn unbedingt sein musste. Aber jeder, der einmal unwillkürlich eine größere Menge Wasser schlucken musste, sich verschluckte, keine Luft mehr bekam, sich zu Tode hustete und so weiter, weiß, wovon ich spreche.

Es gab jedoch auch ziemlich harmlos aussehende Dinge, welche einem sehr rasch gefährlich werden konnten. Natürlich kann man die Hitze eines Herdes nicht sehen, aber man kann sie riechen. Bei Pflanzen ist das schon viel schwieriger: Ob sie giftig oder genießbar sind, kann man weder sehen noch riechen, man muss es aufwendig lernen. Und Corsoma war in dieser Hinsicht eine ganz ausgezeichnete Lehrerin!

Als nächstes wurden wir einer besonderen Schulung unterzogen. Zuerst waren es nur einfache Aufgaben. Wir – natürlich nicht nur ich, auch meine Schwestern! – mussten unsere eigenen Mäuse fangen! Mutter war unerbittlich. Zwar zeigte sie uns noch, wo und wie wir ein Mäuseloch fanden, aber die eigentliche Schwierigkeit bestand darin, geduldig zu warten und keinerlei Lärm dabei zu machen.

Sie möchten wissen, wie so eine Mäusejagd abläuft? Sie möchten die ganze Langweiligkeit erleben, oder nur das Ergebnis: Ein köstlicher Happen, der mit nichts vergleichbar ist, was anderswo auf den Tisch kommt!

Nun, das Wesentliche besteht natürlich im Auffinden der Maus. Also eigentlich nicht der Maus, sondern eines Mäuseloches, aus welchem die Maus unweigerlich herauskommen muss. Das bedeutet in meinem Fall also: Die Nase spitzen und Mäusegeruch aufnehmen. Der führt dann zielsicher zum Mauseloch. Das ist ganz simpel, aber jetzt wird es langweilig: Völlig ruhig zu sitzen und keinen wie immer gearteten Lärm erzeugen. Vor allem nicht, vor lauter Aufregung mit dem Schwanz schlagen!

Was soll ich sagen!? Es war todlangweilig! Dabei flatterte gleich daneben ein hübsches buntes Blatt im Wind und wartete nur darauf, von mir gefangen zu werden! Aber woher kommt die Langeweile? Natürlich von der Ungeduld. Alleine ganz ruhig sitzen ist schon eine Kunst, aber sich dabei von nichts ablenken zu lassen, das ist die wahre Herausforderung!

Nicht ablenken lassen heißt in diesem Fall auch: Den Blick nicht vom Mausloch nehmen. Es reicht bereits ein Wimpernschlag Unaufmerksamkeit und die Maus ist schon wieder weg. Wieso sie gleich wieder weg ist? Sie hat natürlich auch eine feine Nase und sobald sie aus dem Mausloch heraus ist, kann sie die Katze riechen! Also ist es klug, augenblicklich nachdem sie aus dem Loch herausschaut, schon nach ihr zu greifen.

Jetzt haben wir eine Maus und wollen sie auch verspeisen. Auch dabei gilt es Vorsicht walten zu lassen, denn nicht alles in oder an der Maus ist auch essbar. Das heißt essbar schon, aber nicht unbedingt köstlich, so zum Beispiel die Galle, die lässt man besser über. Aber der ganze Aufwand ist allemal lohnend, denn sofort nach dem Verspeisen der Maus hat man Lust auf die nächste.

Was jedoch diese ganze Jagd letztlich so verlockend macht, ist der Verzehr der selbst erlegten Beute! Als ich meine erste selbst und alleine gefangene Maus verzehrte, stellte ich fest, dass der Vergleich mit den von Mama vorgelegten atemberaubend war! Der Geruch und der Geschmack des warmen, noch nicht gestockten Blutes ließ mir noch Stunden danach das Wasser im Munde zusammenlaufen. Was auch die sofortige Lust auf die nächste Beute erklärt.

Dabei war das Mäusefangen noch das Allereinfachste. Die nächste Stufe war bereits gehörig schwieriger: Selbst einen Fisch fangen! Dabei war gar nicht so sehr der Fangvorgang schwierig, viel schwieriger war es, dabei nicht selbst ins Wasser zu fallen. Nicht nur einmal kämpfte ich mich danach wieder mühsam ans Ufer zurück. Natürlich ohne Fisch!

Aber nach diesen anfänglichen Lernphasen wurde es erst richtig kompliziert: Einen Vogel erhaschen! Mama versprach uns, dass dessen Geschmack alles, was wir bisher kannten, unweigerlich in den Schatten stellen würde! Jedoch war dieser Vorgang durch eine weitere Schwierigkeit gekennzeichnet. Nachdem Vögel üblicherweise nicht so einfach am Boden herumspazierten oder in Erdlöchern hausten, mussten wir die Jagd auf Bäumen erlernen. Und dabei selbstverständlich nicht versehentlich selbst vom Baum fallen!

Meine ersten Versuche waren demzufolge eine unablässige Folge von missglückten Sprüngen. Entweder war der Vogel viel zu weit weg, oder er war nicht genug mit eigenen Dingen beschäftigt. Mein ureigenster Fehler war es aber, dass ich viel zu unvorsichtig heranschlich! Ich bedachte ganz einfach nicht, dass der Vogel ein viel größeres Blickfeld hatte als ich.

Das bedeutete im Besonderen, dass ich ausschließlich aus seinem Rücken heraus operieren musste. Und das muss ich euch sagen, quirlig ist gar kein Ausdruck für die Behändigkeit, mit der so ein Piepmatz von einem Ast auf den anderen wechselt!

Und überhaupt fand ich heraus, dass sie sehr wohl auch am Boden spazieren. Vor allem wenn sie nach Würmern in der frischen Erde suchen. In solchen Fällen konnte ich die besten Erfolge aufweisen!

Nach zirka fünf Wochen meinte Mama, jetzt könnte ich bereits meinen Schwestern Jagdtricks beibringen! Ich war natürlich maßlos stolz über das Lob meiner Mutter, wusste jedoch im selben Augenblick, dass in genau diesem Augenblick meine gut geschützte Jugend zu Ende war.

Das bedeutete im einzelnen, dass ich nicht nur ganz allein auf mich gestellt für mein Futter sorgen musste, nein, ich musste auch noch um die von unseren Leuten bereitgestellten Leckereien kämpfen, vor allem wenn unsere Mutter fand, dass ihre beiden Mädchen womöglich zu kurz kamen!

Dabei war ich noch insofern begünstigt, als Luise scheinbar ganz besonders in mich vernarrt war, sie hatte immer wenn ich in ihrer Nähe war irgendein besonderes Leckerle oder ein kleines Schüsselchen Milch extra dabei, sodass es meine Schwestern nicht mitbekamen.

Von nun an war ich also auf mich selbst gestellt und alleine für mich verantwortlich! Das betraf selbstverständlich auch meine Freiheit in der uns umgebenden Umwelt. Aber ich war zufrieden.

Neugier

Meine Neugier war ungeheuer. Es gab so gut wie nichts, das mich nicht interessierte. Völlig egal ob es ein unbekanntes Gewächs oder ob es ein unbekanntes Tier war, ich musste es untersuchen. Gewächse waren da relativ harmlos. Wohl hatte unsere Mutter uns darin unterwiesen, giftigen Pflanzen aus dem Weg zu gehen, aber sonst? Sie konnten allerhöchstens stechen; oder stinken. Na ja.

Bei Tieren war das schon etwas anderes. Sie konnten sich wehren. Die kleinste Maus hatte schon sehr scharfe Zähne und vor den Schnäbeln der Vögel brauche ich wohl niemanden zu warnen. Aber es gab darüber hinaus eine ganze Menge kleiner Tierchen, diese waren geradezu prädestiniert für meinen Spieltrieb.

Ja, ja! Sie haben schon richtig gehört: Neben meiner Neugier war der Spieltrieb geradezu mein Markenzeichen. Alles was sich bewegte, wurde von mir sehr intensiv auf Spielmöglichkeiten untersucht. Manches davon eignete sich besser, etwa Bälle, anderes weniger, zum Beispiel Bälle, die zerbrachen, wenn man sie schubste.

Jedenfalls untersuchte ich praktisch alles was mir unter die Nase kam, ob und in welcher Form es zum Spielen geeignet war. Manches davon zeigte ich auch meiner Mutter, die mir dann erklärte, was es damit auf sich hatte. Beispielsweise Frösche. Ich liebte Frösche über alles. Meist trug ich sie nur herum, legte sie irgendwo ab und sah ihnen dann zu, wie sie auf der Wiese umherhüpften.

Oder Schlangen. Kleine putzige, aber flinke Schlangen, welche sich in einer Weise bewegten, dass ich sie kaum verfolgen konnte. Aber ich hatte rasch heraus, dass ich sie relativ einfach – und sicher, denn auch sie hatten durchaus scharfe Zähne! – beim Schwanz fangen konnte, wobei sie sich dann entweder sehr lustig herumwanden, was ich lange beobachten konnte, ohne dass sie mir mit ihren Zähnen zu nahe kamen.

Oder, und das war eher langweilig, sie stellten sich tot. Schubste ich sie dann, so flohen sie rasch, aber nicht rasch genug für mich, und so blieb ihnen nichts anderes übrig, als sich danach sofort wieder tot zu stellen. Also alles in allem für mich eher langweilig.

Eine wahre Herausforderung stellten hingegen Ratten dar. Bei meiner allerersten Ratte hatte ich unwahrscheinliches Glück, da ich sie eher ohne besondere Absicht am Rücken erwischte. Sehr rasch lernte ich, dass ich sie ausschließlich am Rücken packen durfte und dass ich sie dann schleunigst töten musste, auch wenn ich nicht vorhatte, sie danach zu verspeisen. Sie schmeckten ganz einfach nicht gut. Oh ja! Sie hatten auch messerscharfe Krallen und Zähne, mit denen ich hin und wieder auch unfreiwillig in Berührung kam. Nicht dass sie mich ernsthaft verletzten, aber im Prinzip war ich stets auf der Hut und dementsprechend vorsichtig!

Dann gab es da diese stacheligen Bäume. Das heißt, eigentlich waren die Bäume nicht stachelig, sondern nur das, was auf den Zweigen wuchs. Nicht dass mich diese kleinen Nadeln störten, sie waren sowieso eher weich als stichelnd. Was mich störte, war dieses klebrige Zeug, das auf den Ästen und Zweigen haftete und das nicht und nicht von den Pfoten abzukriegen war! Trotzdem ließ sich auf diesen Bäumen herrlich klettern.

Ja, und ehe man sich versah, war man in einer schwindelnden Höhe, von welcher man sich nicht mehr herunter getraute. Jedoch, da half kein noch so jämmerliches Jaulen, niemand außer einem selbst konnte da helfen! Einmal hab ich so einen ganzen Tag auf einem dieser Baumwipfel ausgeharrt, bis ich endlich genügend Mut aufbrachte, wieder hinab zu klettern.

Bei dieser Gelegenheit lernte ich übrigens einen Baum richtig hinab zu klettern. Sie meinen, das ist doch sowieso klar!? Also mir war es zu Beginn gar nicht klar, ich versuchte immer ‚vorwärts‘ zu klettern, also mit dem Kopf voran nach unten. Eine richtige Schnaps-Idee, es war sehr viel besser, gewissermaßen im Retourgang abzusteigen, eben ‚rückwärts‘ sozusagen mit dem Schwanz voran.

Ein weiteres tolles Spiel war es, Schmetterlinge zu fangen. Es war fast unmöglich, ihrer habhaft zu werden, da sie immer im letzten Moment auf und davon flogen. Aber immer nur sehr kurz und schon saßen sie einem wieder vor der Nase. So, als ob sie sagen wollten: Komm doch nur und fang mich! Außerdem landeten sie fast immer auf Blumen, die man sowieso nicht richtig anvisieren konnte, weil sie dauernd schwankten.

Da gab es in unserer Nähe so ein kleines Häuschen, in welchem Stroh und Heu gelagert war. In diesem Häuschen, also in dem Teil mit dem Heu, ließ es sich herrlich schlummern. Es gab Tage, vor allem solche mit Regen, an denen brachte ich oft den ganzen Tag dort zu.

Das war insofern auch praktisch, da es dort eine Menge Mäuse gab und ich nie in Verlegenheit kam, hungern zu müssen. Trotzdem wäre mir das Häuschen einmal fast zum Verhängnis geworden. Neben dem Häuschen stand nämlich so eine kleine Bank, auf der manchmal Leute saßen, um sich in der warmen Sonne zu wärmen oder auch nur um auszuruhen.

Manche dieser Leute kamen auch her, um sich zu treffen. Das waren dann meistens ein Leute-Mann und eine Leute-Frau. Diese Leute hatten oft die komische oder auch nur seltsame Angewohnheit, mit so einem kleinen Ästchen oder etwas ähnlichem, das vorne ein kleines Licht hatte, zu spielen. Manchmal warfen sie dieses Hölzchen, wenn sie aufstanden, einfach weg und achteten nicht weiter drauf. Ich achtete im allgemeinen ebenfalls nicht auf dieses Ding. Im allgemeinen, jedoch gab es Tage, an denen mir entweder langweilig war oder es war sonst irgendetwas, das meine Neugierde herausforderte und mich veranlasste, mich näher mit einem dieser Dinger zu befassen. Meistens stupste ich es lediglich an und sah zu, wie es herumrollte.

Manchmal rollte es hinter die Bank oder unter einen Stein oder etwas ähnliches, dann war die Herausforderung, es wieder von seiner Zwangslage zu befreien, um weiter spielen zu können, natürlich groß und ich musste mich mitunter ordentlich abmühen, um es wieder hervor zu bekommen. Dann war die Freude am weiteren Spiel selbstverständlich noch größer.

Hin und wieder kam es jedoch vor, dass dieses kleine Licht auch noch leuchtete, nachdem diese Leute weg waren. Dann schlich ich mich heran, um es zu untersuchen. Sehr schnell hatte ich erkannt, dass dieses Licht ein kleines Feuer war, das brannte, wenn man es mit der Pfote stupste. Aber das Hölzchen konnte trotzdem recht lustig herumrollen. Und wenn ich Acht gab und das Feuer nicht berührte, konnte ich es richtig laufen lassen.

Einmal, als es gerade wieder so richtig weit rollte, kullerte es bis ins Heu. Zuerst fand ich es nicht wieder, aber dann wallte eine kleine Wolke Rauch auf und ich wusste, wo ich es hätte suchen müssen. Allerdings war es mir dann doch nicht möglich, es zu befreien, weil das Heu ringsherum schon viel zu heiß war. Also beendete ich die Suche nach dem Hölzchen und suchte mir stattdessen wieder ein Plätzchen um auszuruhen.

Das nächste, das ich bemerkte, war Rauch, der mir in die Nase stieg. Ich mag selbstverständlich keinen Rauch und so dachte ich, dass es besser wäre, wenn ich vom Rauch weg auf die andere Seite des Häuschens ginge. Das war aber plötzlich nicht mehr möglich, denn auf der anderen Seite des Häuschens brannte es bereits lichterloh!

Zuerst wollte ich ganz einfach nur hinaus. Das ging aber nicht, da der Ausgang genau dort war, wo es brannte. Zuerst geriet ich in Panik und hatte keine Ahnung, was ich tun sollte. Ich lief nur kopflos hin und her, dann versteckte ich mich hinter einem Gerät, das in der Ecke stand.

Mit der Zeit wurde das Feuer aber größer und es wurde auch heiß. Da sah ich, dass oberhalb des Gerätes, hinter dem ich mich verborgen hatte, eine offene Luke war. In der

Hoffnung, von dort die Luke zu erreichen, kletterte ich also auf das Gerät, das recht kompliziert gebaut und genau genommen eigentlich auch nicht wirklich zum Erklettern für mich geeignet war. Aber es ragte recht hoch hinauf – was für meine Idee, die Luke zu erreichen, sehr günstig war – und bot jede Menge Schwierigkeiten für mich, die ich aber trotz allem meistern konnte. Und tatsächlich gelang es mir, von der höchsten für mich erreichbaren Stelle aus, auf den Rand der Luke zu springen und von dort ins Freie.

Eigentlich war es von der Luke bis zum Boden viel zu hoch, doch in meinem ungezügelten Eifer, das brennende Häuschen so rasch als nur irgend möglich zu verlassen, achtete ich überhaupt nicht darauf und sprang – genau genommen in voller Panik – möglichst weit in die Freiheit hinaus. Dabei hatte ich insofern Glück, als dort eine relativ dicht bewachsene Wiese mit hohen Gräsern stand, die meinen Fall – anders kann man den Aufprall, den ich dort fabrizierte, wohl nicht nennen – genügend bremsten, dass ich mir meine Füße weder stauchte noch brach.

Außer Atem sah ich aus sicherer Entfernung zu, wie das ganze Häuschen nach und nach niederbrannte. Ein so schönes Ruheplätzchen würde ich wohl nicht so rasch wieder finden. Jetzt erst merkte ich, dass meine Pfoten schmerzten. Ich besah sie mir und stellte fest, dass sie richtig angesengt waren. Bei meiner Flucht hatte ich gar nicht gemerkt, dass das Gerät, welches mir den Weg zur Luke ermöglicht hatte, vom brennenden Heu, Stroh und Holz schon ordentlich heiß geworden war!

Im sicheren Abstand zur brennenden Hütte legte ich mich in die Wiese und leckte meine Pfoten. Da der Brandgeruch auch dort noch recht stark war, kam ich erst jetzt darauf, dass auch meine Schwanzspitze etwas abbekommen hatte und ein erkleckliches Stück Fell ebenfalls angesengt war. Aber was sind schon ein paar Haare gegen die Tatsache, dass ich dem Feuer entkommen war!

Es dauerte auch gar nicht lange, bis viele Leute kamen, welche seltsame Kleidung trugen und mit Schläuchen und anderen Gerätschaften versuchten, von der Hütte zu retten, was noch zu retten war. Ich hörte auch, dass sie sehr böse waren und auf die ewig unvorsichtigen Raucher schimpften.

Auch wenn ich erst viel später erkannte, dass es wohl um diese kleinen runden Ästchen ging, mit denen ich so gerne herumspielte, kam mir nicht die leiseste Idee, dass das Feuer meine Schuld gewesen sein könnte. Später als ich wieder zu Hause war, nahm mich jedoch Mama ins Gebet. Natürlich hatte sie meine Brandverletzungen sofort entdeckt und wusste daher auch sofort, wo ich gewesen war und wie leichtsinnig ich mit mir selbst umgegangen war!

Im Gegensatz zu mir, wo ich mich beglückwünscht hatte, dem Feuer auf so elegante Weise entkommen zu sein, schien sie das überhaupt nicht als tapfere Leistung zu sehen, sondern meint, dass mir schon sehr viel früher in den Sinn hätte kommen müssen, dass ich mit meiner Spielerei das Feuer erst entfacht hatte!

Und wenn ich es schon ausgelöst hatte, so hätte ich mich unmittelbar danach selbst in Sicherheit bringen sollen und nicht als kleiner Träumerling noch weiter im fraglichen Häuschen zu dösen, bis es schon fast zu spät war! Das war alles noch zu ertragen, auch die spöttischen Kommentare meiner Schwestern. Was mich jedoch erschreckte, tief erschreckte, war, dass Mama sagte: „Jetzt hast du dein erstes Leben verspielt! Ist dir klar, wie rasch deine sieben Leben dahin sind, wenn du weiterhin dermaßen unvernünftig, ja, geradezu unbelehrbar leichtsinnig bist! Ich würde dir dringend raten, bei deinen künftigen Aktionen besser mehr Augenmerk darauf zu legen, welche Folgen deine ‚Spielereien' haben oder haben könnten!"

Jetzt hatte ich also einerseits mein Fett weg, andererseits fand ich, dass es wahrlich Zeit war, in mich zu gehen.

Unternehmungslust

Das Abenteuer mit dem Feuer hatte meine Neugier – und vor allem meine Unternehmungslust! – in keiner Weise gebremst. Ganz im Gegenteil! Jetzt, wo ich praktisch mit heiler Haut entkommen war, fiel mir die Aussage meiner Mutter wieder ein: „Katzen haben sieben Leben. Aber geht sorgsam mit ihnen um! Man weiß nie so genau, wann man eines verbraucht hat, und plötzlich sind alle weg!"

Gut, ich hatte offenbar eines verbraucht, aber noch hatte ich sechs. Und das mit dem sorgsam umgehen verstand ich so: Keine pummelwitzigen Aktionen. Immer erst kontrollieren, ob es genügend viele Fluchtwege gab!

Da gab es bei uns am Hof diverse Geräte – Mama hatte sie Autos genannt – welche ein wenig unheimlich waren, man wusste nie so genau ob sie sich bewegen würden oder nicht. Außerdem waren sie, wenn sie sich dann bewegten, entsetzlich laut. Und zudem stanken sie dann auch noch. Aber wenn keiner der Leute in der Nähe war, waren sie völlig ungefährlich.

Eines dieser Dinger hatte mein besonderes Interesse geweckt: Es hatte, im Gegensatz zu den übrigen, ein weiches Dach! Auf diesem Dach ließ es sich herrlich ruhen. Manchmal, wenn es nicht regnete, stand es draußen im Hof. Dann war dieses weiche Dach so angenehm warm, dass ich sofort einschlief, wenn ich mich drauf legte.

Zwar war Meinereins immer in Bereitschaft, bei der kleinsten Kleinigkeit auf Touren zu kommen, es gab jedoch Zeiten, wo man, nun nicht gerade unachtsam, aber wenigstens unaufmerksam war. Beispielsweise, wenn man im Traum gerade den Nachbarshund zur Weißglut gebracht hatte.

Das mit dem Träumen ist überhaupt auch so eine Sache. Man weiß einfach nie genau, ob man nun gerade etwas träumte oder ob sich diese Situation gerade in Wirklichkeit so abspielte. Oft genug kam ich dadurch, und wie ich meinte gänzlich unschuldig, in verzwickte Angelegenheiten.

Neulich träumte mir also, dass ich gerade hinter einem Vögelchen her war und mich eben zum Sprung bereit machte, und selbstverständlich auch sofort sprang. Leider hatte ich vergessen, dass ich nicht auf einem sicheren Ast saß, sondern auf dem vorher erwähnten Autodach.

Nun der Sprung war nicht zu verachten, jedoch landete ich keineswegs auf dem von mir anvisierten Ast, sondern fand mich, jetzt ganz plötzlich erwachend, mitten in luftiger Höhe und ohne jegliche Aussicht irgendetwas Passendes für meine Landung in meiner Nähe zu haben.

Es ist ja allseits bekannt, dass Katzen sich in der Luft drehen können und somit stets auf den Pfoten landen. Dies allerdings gilt nur in jenen Fällen, in denen die Katze wach ist und sich bei vollem Bewusstsein befindet. Ist das jedoch nicht der Fall, wie eben in dem von mir beschriebenen Flug, dann ist die Landung alles andere als eine geritzte Angelegenheit. Ganz im Gegenteil, sie ist äußerst schmerzhaft und mit ein wenig Pech sogar mit ernsten Verletzungen verbunden.

Es gibt jedoch auch noch andere Möglichkeiten. Und eine solche hatte sich das Schicksal für mich ausgedacht: Ich landete in einem Wäschetrog voll seifiger und – Gott sei Dank! – nicht zu heißer Wäsche! Dennoch: Ich erinnere mich an weitaus angenehmere und weniger glitschigere Dinge als in seifiger Wäsche mich wiederzufinden!

Jedenfalls benötigte ich eine Menge Zeit, um mich daraus zu befreien, was nicht ohne Schaden für die frisch gewaschene Wäsche abging und was mir eine gehörige Tracht Prügel einbrachte. Also mit Mamas Prügeln war es zum Glück nicht so wild, aber die Schimpfkanonade klang mir noch Tage lang in den Ohren. Von den erforderlichen Reinigungsarbeiten an meinem Fell will ich gar nicht erst beginnen.

Apropos Nachbarshund. Dieser Kerl – er war mir von Beginn an aus vollstem Herzen unsympathisch! – war ein richtiger Raufbold, der sich mit absolut niemandem vertrug.

Nicht einmal mit anderen Hunden. Falls er es nur irgendwie ermöglichen konnte, griff er fremde Hunde grundlos und sofort mit voller Kampflust an.

Aus diesem Grund – nahm ich wenigstens an – war er praktisch auch zu allen Zeiten angeleint, selbst zuhause in seinem Garten. Seine Leute behaupteten zwar, dies sei lediglich, damit er nicht im gesamten Garten nur Unfug stiftete, aber ich war anderer Meinung.

Nichtsdestotrotz gab er einen durchaus brauchbaren Spielpartner ab. Je nach Gutdünken konnte man direkt vor seiner Nase herumspazieren und ihn ärgern. Denn man musste ja lediglich außerhalb seiner, durch die Länge der Leine bestimmte, Reichweite bleiben.

Das gelang etliche Male auch ganz hervorragend. Bis eines Tages die Leine riss! Da war nun aber allerhöchste Eile geboten! In wilden Sprüngen versuchte ich den nächststehenden Baum zu erreichen. Der war allerdings nicht in der günstigsten Richtung. Zweimal hatte mich dieser Köter beinahe erwischt. Dann aber durch einen unmöglichen Sprung über wenigstens drei Meter gelangte ich doch noch auf einem der Bäume in Sicherheit.

Das dachte ich wenigstens. Praktischerweise – für den Hund! – waren dessen Leute nicht zu Hause. Somit kam natürlich auch niemand, um ihn wieder festzubinden. Für mich hieß das: Ausharren auf dem Baum. Zumindest bis entweder jemand kam, um den Hund wegzubringen, oder bis er der Kläfferei unter dem Baum müde wurde und sich freiwillig trollte.

Zu allem Überfluss begann es auch noch zu regnen. Das alleine wäre ja noch nicht so schlimm gewesen, aber es wurde auch saukalt. Ich fror ganz erbärmlich und zitterte am ganzen Körper, so als ob ich von jemandem heftigst gerüttelt werden würde. Das hatte ich zuletzt vor, wie mir schien, endlos langer Zeit durch Mama erduldet.

Damals hatte ich es ja auch verdient, war ich doch – meine Sprungkünste waren damals unter jeder Kritik! – auf die Hofmauer geklettert, von welcher ich mich nicht mehr herunter getraute. Bis mich Mama herunter holte und mir danach nicht nur die Leviten las, sondern mich auch gleich ordentlich züchtigte.

Zurück zu meinem erbärmlichen Zustand auf dem Baum. Ich musste eine ganze Nacht lang ausharren. Danach war ich nicht nur erschöpft, müde und nass, sondern auch ganz steif, sodass ich kaum herabklettern konnte. Aber das schlimmste war, dass ich krank war. Die Kälte hatte mir arg zugesetzt und ich hatte eine schlimme Verkühlung.

Mama konnte mir auch nicht helfen. Wohl versuchte sie, mich warm zu halten, aber das nützte fast gar nichts. Ich verkroch mich wieder einmal im Heu und hoffte, dass es irgendwann vorbeigehen würde. Ich hatte absolut keine Lust zu jagen, und so hungerte ich mich durch die Tage. Gute, oder besser gesagt nicht gute drei Wochen.

Zwar hatte Luise ein wachsames Auge auf mich und ohne ihre Hilfe wäre ich vermutlich tatsächlich verhungert, aber den so sorgsam hergerichteten Leckerbissen kann man selbst bei meinem Zustand kaum wiederstehen.

Als ich mich endlich wieder einigermaßen fit fühlte, war ich erbärmlich abgemagert. Ich musste unbedingt wieder zu Kräften kommen. Also warf ich mich voller Elan auf die Jagd. Ich suchte möglichst viel Fleisch zu bekommen. Junge Kaninchen waren daher meine bevorzugte Beute. Aber eine Beute zu bevorzugen und sie auch zu bekommen ist zweierlei. Im Wesentlichen musste ich mich mit Mäusen begnügen, denn Kaninchen sind nicht nur sehr flink, sie haben darüber hinaus auch noch scharfe Zähne, die einzusetzen sie bestens gerüstet waren und mit denen ich nicht unbedingt Bekanntschaft schließen wollte.

Dennoch dauerte es gut zehn Tage, bis ich mich wieder kräftig genug fühlte, auch wieder mit anderen Katern in den Clinch zu gehen. Nach dieser Zeit hatte ich auch endlich wieder den Mut, mir einzugestehen, dass diese Episode wohl auch den verbrauchten Leben zuzuordnen war.

Jetzt hatte ich also nur noch fünf. Es kam also nicht nur darauf an, einen Fluchtweg offen zu haben, er musste offensichtlich auch zu einem sicheren Versteck führen! Was ist ein sicheres Versteck? Nun, einerseits ein Ort, an den der Feind, wer auch immer das war, nicht herankam und der, – das war ganz besonders wichtig! – einen zweiten Ausgang besaß, denn es nützte wenig, in einem Versteck zu sitzen und nichts unternehmen zu können, wie zum Beispiel den Hunger stillen.

Wenn das ·in diesem Tempo weiterging, brauchte ich mir um meinen ersten Geburtstag keine Sorgen mehr zu machen!

Sie möchten wissen, was es mit meinem ersten Geburtstag auf sich hatte? Bis dahin musste ich den Hof verlassen haben. Sagte meine Mutter. Sagten auch meine Schwestern. Ich habe keine Ahnung, warum sie wollten, dass ich den Hof verließ, aber irgendwie schien es mir auch richtig. Später, viele Jahre später erfuhr ich dann, dass das, was Mama kurz nach unserer Geburt widerfahren war, auch uns früher oder später blühte. Nämlich immer dann, wenn keine weiteren Katzenkinder erwünscht waren.

Aber vielleicht hing es auch mit meinem Vater zusammen? Ich hatte ihn bisher nicht kennen gelernt. Ich hatte auch keine Ahnung, wo er war, oder ob er irgendwann wiederkommen würde. Corsoma ließ sich darüber auch nicht aus. Wahrscheinlich wusste sie die Antwort selbst nicht. Oder sie wollte es uns vielleicht auch gar nicht sagen, da es für sie offenbar unangenehm war.

Eigentlich hatte ich ja noch über ein gutes halbes Jahr Zeit bis dahin, ich dachte jedoch, dass es vermutlich unklug wäre, das auf die Spitze zu treiben. Daher überlegte ich, wohin ich gehen könnte. Einerseits gefiel mir die Gegend um den Hof recht gut, aber andererseits wollte ich auch schon seit jeher etwas Neues sehen! Sehen, wohlgemerkt! Nicht erleben. Erleben konnte ich auch hier, wie man sich erinnern wird, genügend.

Abenteuerlust

Das Hund- und Baum-Abenteuer war rasch vergessen. Mich packte nun die Abenteuerlust. Ich wollte mehr sehen als nur den Hof, den Bach und die staubige Landstraße. Was heißt hier Landstraße? Es waren fast nur bessere Feldwege rund um unseren Hof.

Es war ein wunderschöner Morgen im Frühsommer dieses Jahres. Sonnig und vielversprechend, jedenfalls soweit ich das erkennen konnte. Soweit ich dazu in der Lage war das zu beurteilen, würde es heute nicht regnen. Das war meiner Meinung nach ein guter Beginn eines neuen Lebensabschnittes.

Dass es ein neuer Lebensabschnitt war, oder vielmehr sein würde, war mir insofern klar, als eines ganz gewiss war: Ich würde nicht zurückkehren. Jedenfalls nicht in dem Sinn, dass ich mein bisheriges Leben wieder aufnehmen würde. Falls überhaupt, so nur um von meinen Abenteuern zu berichten, falls dies dann noch irgendjemand der hier Ansässigen interessieren würde, was ich jedoch stark bezweifelte.

Also machte ich mich auf den Weg, um herauszufinden, wohin ich mich am besten wenden sollte. In welche Richtung? Nun, soweit ich mich hier auskannte, verlief das Dorf, in welchem ich bisher beheimatet war, so ungefähr dreimal vier Pfoten weit nach Süden. Oh, ich sollte wohl ein wenig ausholen. Vier Pfoten weit, das hieß, vier fremde Häuser und dreimal vier Pfoten hieß dann also – na, eben dreimal vier fremde Häuser.

Es schien mir wenig einladend, zuerst an vier oder fünf anderen Katzen vorbei zu laufen und jedes Mal langwierig zu erklären, wo ich hin wollte und warum und überhaupt. Nein, das wollte ich keinesfalls. Also entschied ich mich dazu, die nach Osten hin ausgedehnten Felder zu überqueren, um zu sehen, was es in dieser Richtung so unbekanntes gab.

Wenn ich annahm, ich wäre lediglich auf Feldern unterwegs, so sah ich mich bald eines besseren belehrt. Ich war noch gar nicht lange gelaufen, als ich auf eine Landstraße stieß.

Oh, ja! Ich wusste sehr gut, was Landstraßen waren. Einmal, ich war damals noch sehr klein gewesen, war ich den Bach entlang gegangen, ohne darauf zu achten, wie weit ich mich schon von unserem Haus entfernt hatte.

Da war ich zu einer Stelle gekommen, an der der Bach einfach in einem dunklen Schlund verschwand. Als ich vorsichtig hineinspähte, sah ich in großer Entfernung Licht. Neugierig, wie ich nun einmal war, tapste ich am Bachrand in diesen Tunnel. Und obwohl mir das Wasser bis zum Bauch stand, ging ich tapfer weiter.

Das Licht wurde immer größer und ich sah, dass das offenbar das Ende dieses Tunnels war, der damit so gar nichts von einem Schlund mehr an sich hatte. Am Ende des Durchgangs angekommen, kletterte ich über die Böschung hinauf.

Und wäre beinahe wieder hinunter gepurzelt. Ein riesiges Etwas war mit einer höllischen Geschwindigkeit an mir vorbei gerast, sodass der Wind, der dadurch erzeugt worden war, mich von den Beinen wehte! Ich hatte mich kaum vom ersten Schreck erfangen, als das nächste Ungetüm vorüber kam. Vorsichtig, in respektvollem Abstand von diesem steinernen Band, auf welchem diese Ungetüme daher kamen, besah ich mir die Angelegenheit.

Sehr rasch stellte ich fest, dass es sich wohl um dieselbe Art Geräte handelte, wie die, die bei uns im Hof und in der Garage standen. Also Autos, wie ich gelernt hatte. Es musste aufregend sein, einmal dieses Band entlang zu gehen und zu sehen, wo es hinführte! Aber das musste warten. Aber irgendwann, das war mir sofort klar, musste und würde ich es herausfinden.

Vorerst musste ich erst wieder zu unserem Hof

zurückfinden. In den folgenden Tagen, Wochen und Monaten vergaß ich dieses Erlebnis. Erst als sich mein Abenteuerdrang meldete, fiel es mir wieder ein. Die Frage, die sich mir sofort aufdrängte, war: Diese Straße entlang zu laufen, schien mir nicht erstrebenswert. Aber wie kam ich auf eines dieser Autos?

Natürlich fuhren unsere Leute ebenfalls manchmal damit weg. Aber wie sollte ich sie dazu bringen, dass sie mich mitnahmen? Vielleicht konnte ich aber unbemerkt hineinschlüpfen? Ich hatte oft genug beobachtet, dass sie die Türen offen ließen, wenn sie noch Sachen einräumten. Es genügte also offenbar, wenn ich einen günstigen Moment abwartete und dann rasch ins Innere sprang.

Sobald meine Überlegungen an diesem Punkt angelangt waren, hatte ich nichts anderes mehr im Sinn, als eine offene Autotür zu erwischen. Ich musste auch gar nicht lange warten. Schon am übernächsten Tag ergab sich die erwartete Gelegenheit.

Ohne lange zu überlegen, sprang ich hinein und versteckte mich im hintersten Winkel. Ich hatte dabei auch noch einen riesigen Vorteil: Mein durchwegs schwarzes Fell verbarg mich vor jedem nicht so genauen Blick!

Oh! Wäre ich doch nur nicht so tollkühn gewesen! Als sich das Auto in Bewegung setzte, dachte ich, jemand hätte mich getreten. Wäre ich nicht sowieso in einer Ecke gekauert, es hätte mich furchtbar durch die Gegend geschleudert! So wurde ich nur, eigentlich relativ sanft, in die Ecke gedrückt und nichts weiter.

Sobald ich mich vom ersten Schrecken erholt hatte, kletterte ich auf die Sitzbank und versuchte aus dem Fenster zu blicken. Was ich dort sah, ließ mich fast augenblicklich wieder in meine Ecke zurückkehren. Was hatte ich dort eigentlich zu sehen erhofft? In Wahrheit hatte ich nämlich überhaupt nichts gesehen! Nur ein undefinierbares verwaschenes Etwas rauschte an mir vorbei, in dem schier gar nichts zu erkennen war.

Nach diesem neuerlichen Schreck verhielt ich mich vorerst ruhig und wartete ab, was als nächstes passieren würde. Das, was als nächstes passierte, war, dass das Auto anhielt. Sofort war ich wieder auf der Bank. Vorsichtig sah ich aus dem Fenster.

Es war eine völlig neue Landschaft. Also eigentlich keine Landschaft, sondern eher eine Hausschaft. Das heißt, es gab rundum nur Häuser und so hohe noch dazu, dass man überhaupt nichts sah, das weiter weg war, als eines dieser Häuser breit oder hoch war! Nicht das kleinste Stückchen Gras oder Blumen oder Bäume oder wenigstens ein kleiner dürrer Strauch!

Kaum hatte ich diese Umgebung wahrgenommen, wurde ich schon wieder in die Sitzpolster geworfen. Ich hatte nicht daran gedacht, dass die Fahrt eventuell nur kurz unterbrochen werden könnte. Es sollten noch eine ganze Reihe derartiger Unterbrechungen folgen, bevor die Fahrt tatsächlich zu Ende ging.

Als es dann endlich soweit war, machte ich mir Gedanken darüber, ob ich in dieser unwirtlichen Gegend das Auto überhaupt verlassen wollte. Um es kurz zu machen: Ich wollte nicht. Ich konnte mir überhaupt nicht denken, in einer solchen Umgebung leben zu wollen. Aber die Leute haben eben oft sehr eigenartige Ansichten!

Um ja nicht vielleicht noch im letzten Moment aufzufallen, nahm ich wieder den Platz in meinem Versteck ein. Rollte mich zusammen, machte mich also ganz klein und dazu noch ein kleines Nickerchen.

Als ich wieder erwachte, stand das Auto still. Auch der Motor lief nicht, – etwas, das ich beim ersten Halt in den Steinhöfen nicht beachtet hatte, dass der Motor nämlich lief! – was mich zur Vermutung brachte, wir seien wieder zuhause. Ein Blick aus dem Fenster bestätigte das auch.

Aber nun hatte ich ein ganz anderes Problem: Ein sehr dringendes Bedürfnis meldete sich und ich konnte das Auto nicht verlassen! Ich hatte die Ankunft im Hof und die danach offene Türe ganz einfach verschlafen! Das dringliche Geschäft im Auto zu erledigen, schien mir wenig bis gar nicht erstrebenswert; ich kannte die Folgen von derartigen Aktionen nur zu genau!

Gut. Eine Weile konnte ich mich ja noch zurückhalten, aber was gab mir die Gewissheit, dass irgendjemand in absehbarer Zeit die Autotür öffnen würde? Besser war, ich versuchte mich bemerkbar zu machen. Und so stellte ich mich aufrecht auf die Bank und kratzte an der Fensterscheibe.

Allein, niemand schien das zu hören! Dennoch kratzte ich weiter und hatte insofern Glück, als einer der kleinen Leute mich bemerkte und sich vor lauter Lachen gar nicht fangen konnte.

Jetzt muss ich wieder eine kurze Erklärung abgeben. Unsere Leute, also Luise und Jakob, hatten des öfteren Besuch von einer jüngeren Familie: Ein Mann, eine Frau und ein noch jüngerer Mann – Mama nannte dieses ganz junge Leutekind ganz einfach auch nur Kind –, was wohl eine Entsprechung von uns Katzenkindern beschrieb. Diese Familie, sie kam relativ oft zu uns auf den Hof, manchmal auch nur die Frau und das Kind alleine, schien so etwas wie eine Verwandte von den Leuten zu sein. Mama sagte, sie wäre vermutlich die Tochter von Luise, da sie öfter als ihr Mann kam und manchmal auch länger blieb. Es kam vor, dass sie zwei oder drei Tage auf unserem Hof blieb.

Zurück zum mich beobachtenden Leutekind. Dieses hüpfte und lachte und konnte sich bei meinem Anblick gar nicht beruhigen. Das bemerkte dann auch die Leutefrau – Luise –, die sich immer in der Nähe des kleinen Leutekinds aufhielt. Luise war zwar ganz offensichtlich über mein Hiersein verblüfft, ging dann jedoch ins Haus und kam kurz darauf wieder. Nun erst kam sie zum Auto, öffnete es, ließ mich ins Freie und sagte etwas, das wie ‚Du kleiner Schlawiner!' klang.

Ich hatte jedoch absolut keine Zeit mehr, um mich mit den Leuten zu beschäftigen. Ich hatte Dringenderes zu tun!

Aber zurück zu meiner Wanderung, beziehungsweise zu meinem ersten Erkundungsausflug. Ich wusste also sehr gut, was eine Landstraße war und ebenfalls, dass ich nach Tunlichkeit ihr nicht weiter zu folgen gedachte. Ich musste sie überqueren. Das war nun leichter gesagt als getan.

Wie überquert man eine Landstraße gefahrlos? Wenn ich an meine erste Erfahrung zurückdachte, so erinnerte ich mich, dass diese Autos derart rasch herankamen, dass keine Zeit blieb, ihnen auszuweichen. Wie also sollte ich vorgehen? Soweit ich sehen konnte, gab es an dieser Straße keine Tunnel, wie ich sie beim ersten Mal benutzt hatte.

So stellte ich mich in gebührendem Abstand an den Straßenrand und beobachtete, was sich da so tat. Aus glücklichen Umständen schien es sich bei dieser Straße um eine weniger befahrene zu handeln, denn es dauerte jedes Mal einige Zeit, bis ein neues Auto auftauchte und schließlich an mir vorbei fuhr.

Nachdem ich auf diese Weise etliche hatte vorbeifahren lassen, wobei ich bemerkt hatte, dass ich sie schon relativ früh herankommen sah, entschied ich mich dazu, eine dieser zwischenzeitlichen Phasen zu benutzen um die Straße zu überqueren.

Da gab es jedoch noch eine kleine Verschärfung der Situation: Diese Autos konnten von beiden Seiten, also sowohl von links, als auch von rechts kommen. Das nun wiederum bedeutete, dass ich nicht nur beide Seiten, also beide Richtungen im Auge behalten musste, nein, ich musste auch noch zuwarten, dass von keiner Seite etwas daher kam.

Mit gehörigem Kribbeln im Bauch wartete ich auf die Vorbeifahrt des nächsten Autos um dann blitzschnell hinüber zu sprinten. Auf der anderen Seite angekommen holte ich erst einmal tief Luft und beglückwünschte mich danach für meine kluge Entscheidung.

Nichtsdestotrotz musste ich mich nach der vollbrachten Tat etwas ausruhen und machte ein kleines Nickerchen. Das war sehr aufregend, denn offensichtlich hatte mich dieses Abenteuer dermaßen aufgeputscht, dass ich sofort davon träumte, wie ich andauernd Straßen überquerte. Bis ich wirklich so tief und fest eingeschlafen war, dass es schon dämmerte, als ich endlich wieder erwachte.

Danach entschied ich, dass es für diesmal genug war und

trottete wieder heim. Immerhin hatte ich eine Richtung gefunden in welcher ich mich bewegen könnte, wenn ich wirklich unser Haus verlassen musste. Oder wollte, was es im Augenblick schon fast besser beschrieb.

Revierkämpfe

Dass ich unseren Hof verlassen sollte, nein musste, war mir schmerzlich bewusst. Meine beiden Schwestern Singuina und Selesia hänselten mich andauernd mit meiner, wie sie sagten, nur noch lästigen Anwesenheit. Wie auch immer, es war nachgerade unmöglich noch länger hier zu bleiben.

Ich verabschiedete mich herzlich von meiner Mutter, meine Schwestern ignorierte ich geflissentlich. Dann machte ich mich auf den Weg. Ich ging zu meinem am Bach gelegenen Lieblingsplatz und überlegte, welche Richtung ich einschlagen sollte.

Die erste Idee, so wie schon vor einiger Zeit, zu der Landstraße, welche ich so mutig überquert hatte, war zwar im ersten Augenblick verlockend, aber ich traute ihr nicht. Sicherlich, es wäre möglicherweise bequem, diese Straße entlang zu wandern und den nächstbesten Ort aufzusuchen.

Aber von großen Orten hatte ich, nach meinem Ausflug in die Stadt, genug. Ich wollte vielmehr eine ganz ähnliche Umgebung, wie ich sie bisher genossen hatte. Also ging ich den Bach entlang aufwärts nach Norden, in der Hoffnung, diese hübsche Landschaft würde mich zu einem ähnlichen Gehöft führen.

Natürlich war mir der Beginn meines Weges noch durchwegs bekannt. Ich war oft bei meinen Jagden in dieser Gegend unterwegs gewesen. Nach einiger Zeit, es musste etwa ein halber Tag vergangen sein, wurde ich erst einmal hungrig. Das war nun definitiv kein Problem.

Zwei Mäuse und einen Fisch später entschied ich mich vorerst dazu, ein Nickerchen zu machen. Als ich genügend gerastet hatte, setzte ich meinen Weg fort. Die Umgebung wurde nach und nach immer fremder. Jedoch nicht so fremd, dass ich umkehren hätte wollen.

Der Tag ging zu Ende und nach einem schmackhaften

Vögelchen, welches unvorsichtig nach Würmern gesucht hatte, sah ich mich nach einem warmen Plätzchen um. Ich fand es in Form einer moosgedeckten Mulde unter einem Strauch.

Ich war noch dabei mich darin einzukuscheln, als ich von einem wilden Gefauche erschreckt wurde. Da stand ein wolliger graubrauner Kater, schon etwas in die Jahre gekommen, aber immer noch recht ansehnlich. Offenbar wollte er denselben Platz wie ich.

Höflich, so wie mich Corsoma erzogen hatte, stellte ich mich vor. „Mein Name ist Sinepoi und ich bin auf Wanderschaft!"

„Ich heiße Lomisol und ich möchte keine Gesellschaft! Schon gar nicht von einem Streuner!"

Von so einem unfreundlichen Zeitgenossen ließ sich Sinepoi nicht so leicht abkanzeln. „Also erstens bin ich kein Streuner, sondern auf der Suche nach einer neuen Heimat. Und zweitens mach ich niemanden den Platz streitig, der mich höflich auf seine Ansprüche hinweist!"

„Papperlapapp. Alles nur Ausreden. Kaum dreht man sich um, schon kommt so ein Dahergelaufener und glaubt, ihm sei alles erlaubt!"

Dieser überhebliche Kerl sollte bleiben, wo er war. „Glaub, was du willst. Ich bleib jetzt einmal bis morgen hier, ob es dir passt oder nicht. Und jetzt lass mich in Ruhe!"

Aber so leicht ließ sich Mister Lomisol auch nicht vertreiben. „Nichts da! Das ist mein Revier und hier bestimme ich, wer bleiben darf und wer nicht!"

„Ist das so?" Wir wollen doch mal sehen, ob ich nicht doch hier bleiben kann. „Und wenn ich trotzdem bleibe?"

„Dann kriegst du ein paar vor die Nase!"

„Das wollen wir doch sehen!" Mit diesem gefauchten Worten sprang ich in an und versetzte ihm einen ordentlichen Kratzer über die ganze linke Wange.

Aber Lomisol war auch nicht von gestern. Sofort versetzte er mir einen Tatzenhieb hinter mein linkes Ohr. Daraufhin biss ich ihn in sein rechtes Ohr. Jetzt war er doch etwas überrascht, offenbar hatte er nicht ernsthaft mit einer Gegenwehr gerechnet. Er zog sich etwas zurück, buckelte, fauchte und ging in Warteposition.

Im Grunde war ich an keiner Rauferei interessiert. Ich war müde und wollte eigentlich nur eine geruhsame Nacht. Dennoch ging auch ich in eine Lauerstellung und fauchte lautstark zurück. „Wir können unsere Zwistigkeit gerne morgen fortsetzen, falls du dann noch ausreichend Lust dazu hast. Aber du müsstest schon zeitig aufstehen, wenn du mich noch antreffen willst, bevor ich weiter wandere!"

Lomisol knurrte irgendetwas Unverständliches und zog sich zurück. Ich hatte einen leichten Sieg errungen. Einen ‚zu' leichten. Ich würde vorsichtig sein müssen. Womöglich kam er des Nachts heimlich zurück um seine Niederlage wieder auszubügeln. Er kam jedoch nicht und ich blieb die restliche Nacht unbehelligt.

Er kam auch am nächsten Morgen nicht. Jedenfalls nicht, solange ich mir noch zwei weitere Fische genehmigte. Danach lief ich weiter den Bach entlang, neugierig, was mich heute noch erwarten würde.

Glücklicherweise war auch der nächste Tag recht sonnig und warm und so achtete ich nicht so sehr darauf wo ich entlang lief. Aus unterschiedlichen Gründen entfernte ich mich von ‚meinem' Bach und kam durch ein kleines Wäldchen an ein Feld, auf welchem in langen Linien Furchen gezogen waren, in denen man herrlich schnell laufen konnte.

Unwillkürlich wurde ich plötzlich gestoppt, als ich merkte, dass gerade diese Furche in welcher ich lief einen weiten Bogen machte und mich genau dahin zurückführen würde wo ich eben her gekommen war. Allein durch den veränderten Sonnenstand wurde ich darauf aufmerksam.

Also hielt ich an und sah mich um. Wo war ich gelandet? Von ‚meinem' Bach sah ich nichts mehr. Sollte ich zurück laufen? Einerseits fand ich das langweilig und andererseits auch wenig gewinnbringend. Was sollte es auch nutzen? Ich hatte absolut kein bestimmtes Ziel vor Augen gehabt und sah auch keinen Sinn darin.

Schließlich sollte ja sowieso der Zufall mein endgültiges Ziel bestimmen und – wer weiß? – vielleicht hatte das Schicksal gerade durch diesen ungeplanten Umweg etwas Besonderes für mich vorgesehen!

Aber so eilig hatte ich es nicht. Vorerst sah ich mich um und überlegte in welcher Richtung ich meine Wanderung fortsetzen sollte. Links von mir, es war wohl in der Richtung nach Sonnenaufgang, war ein kleines nicht zu dichtes Wäldchen. Irgendwie erschien mir das nicht so erstrebenswert, also wandte ich mich in Richtung Sonnenuntergang und trabte wieder drauf los.

Irgendwie ging der Tag ohne besondere Ereignisse vorüber und ich war noch immer weit davon, eine für mich lohnenswert erscheinende Gegend zu erblicken. Gott sei Dank gab es reichlich Mäuse, obwohl mir ehrlicherweise zwischendurch doch auch immer nach Fischen zumute war. Ganz abgesehen von Luises Leckereien, vor allem die frische Milch, beziehungsweise deren Fütsorge, ging mir schon sehr ab. Obwohl Durst brauchte ich natürlich nicht zu leiden, da es immer wieder kleine Pfützen gab, in denen ich mich laben konnte.

Auch der nächste Tag erbrachte keine neuerliche Veränderung. Zudem war ich recht müde, meine Beine, des ewigen Laufens nicht gewohnt, taten mir weh und ich dachte, eine kurze Rast von sagen wir einem Tag schadete wohl nicht.

Also suchte ich mir wieder so etwas wie bei dem unfreundlichen Mister Lomisol, nämlich eine sanfte Mulde unter einem dichten Strauch. Nur achtete ich heute darauf, dass nicht womöglich nochmals so ein ungehobelter und unfreundlicher Kerl auftauchte und mich zu vertreiben suchte.

Obwohl sich in unmittelbarer Nähe kein Bach befand, gab es dennoch einen kleinen Weiher, an dessen mit Schilf bewachsenen südlichen Ufer, welches darüber hinaus auch noch sanft anstieg, eine richtige kleine Höhle befand. Zuerst vermutete ich, dass diese Höhle möglicherweise bewohnt sein könnte, aber nach einer intensiven Inspektion stellte ich fest, dass sie schon seit geraumer Zeit verlassen worden war.

Sofort machte ich es mir dort bequem und ruhte meine wunden Füße aus. Die meiste Zeit dieses Tages verbrachte ich dösend. Lediglich die eine oder andere Maus, beziehungsweise den einen oder anderen Fisch gönnte ich mir. Eigentlich gab es auch Vögel in dem nahen Schilf, aber sie waren für meinen Geschmack doch etwas zu groß. Und aus einem wohl ganz ähnlichen Grund war ich für sie ebenso uninteressant.

Um es kurz zu machen: Am dritten Tag jedoch änderte sich alles. Zuerst merkte ich es gar nicht. Es geschah ganz unauffällig, obwohl es erst nur ein weiterer Bach war, dem ich – sie ahnen es schon: Frische Fische – vorerst wieder folgte.

Zuerst wurde das Bachbett breiter und breiter. Es weitete sich zu einer Art Geröllhalde aus, in der der eigentliche Bach nur noch einige ganz kleine und schmale Rinnen bildete. Dann kamen die Bäume immer näher an das nun schon recht breite Bachbett heran. Es waren auch ganz andere Bäume, als im alten Zuhause. Außerdem war ein fernes Rauschen und Tosen, fast schon ein fernes Donnern, zu hören.

Und dann kamen, ganz plötzlich und unerwartet, große Steinbrocken. Was sage ich große: riesige. Sie lagen ganz einfach mitten in dieser Art Geröllhalde. Auf manche konnte ich nicht einmal hinauf. Weder klettern, noch springen, vor allem da sie durch die sie umgebende Gischt nicht nur nass, sondern auch glitschig waren. Zudem lagen sie in einer Art Dämmerlicht, wozu die an den Bachrändern wachsenden Farne nicht unwesentlich beitrugen.

Die gesamte Landschaft hatte etwas Urtümliches. Nicht unheimlich, aber mystisch. Vielleicht verzaubert. Es war so gänzlich anders, als alles was ich bisher gesehen hatte! Ja, ich muss zugeben, diese urtümliche, mystische und so gänzlich fremdartige Landschaft hatte mich verzaubert!

Und ganz plötzlich wusste ich es: Hier wollte ich bleiben! Nichts und Niemand würde mich je wieder von hier vertreiben!

Also gut: Hier zu bleiben war in einem größeren Sinn zu verstehen. Es hieß nicht, dass ich zwischen den Felsbrocken im Wasser liegend meine Tage verbringen würde, aber wo immer ich mein neues Zuhause finden würde, es würde keinesfalls weiter als vielleicht drei, vier Pfotenlängen – sie erinnern sich? – von diesem Platz entfernt sein.

Ich machte daher einen kleinen Rundgang, um mir die gesamte Situation anzusehen und einzuprägen und begab mich schließlich auf die Suche nach dem ,richtigen' Heim.

Erkundigungen

Dass dies meine neue Heimat sein würde, war mir vor allem deshalb zu Bewusstsein gekommen, weil ich mich augenblicklich ‚Zuhause' fühlte. Das heißt, ich hatte das Gefühl, irgendetwas oder irgendjemand hier hatte geradezu auf mich gewartet. Nichts wirklich greifbares, aber ich wusste, dass ich angekommen war.

Nachdem ich ausgiebig gegessen und geruht hatte, – wieder einmal zwei Mäuse und einen Fisch, hier war das Fische fangen ganz besonders einfach! – ging ich auf Entdeckungsreise. Zu allererst wollte ich ergründen, ob es in dieser Gegend auch Leute gab.

Nicht, dass sie mir gefehlt hätten, aber wenn es in der Nähe welche gab, und vor allem nicht zu viele, dann hatte das schon auch den einen oder anderen Vorteil. In der Nähe von Leuten fiel nämlich immer auch der eine oder andere Leckerbissen ab. Seltsamerweise warfen die Leute oft die köstlichsten Dinge achtlos beiseite. Manches Mal hatte ich schon den Verdacht gehegt, dass sie dies aus dem einfachen Grund taten, um uns, den Katzen nämlich, eine besondere Freude zu bereiten!

Ja doch. Die meisten, wenn nicht überhaupt alle Leute hatten nämlich gerne Katzen um sich, welche sie dann selbstverständlich auch hin und wieder zu verwöhnen suchten. Vor allem die kleinen Leute, Mama – ach, Mama! Wie es ihr wohl jetzt ging, da ich fort war? Ob sie darüber nachdachte, wo ich war und wie es mir dabei erging? – hatte die kleinen Leute ‚Kinder' genannt. Sie hatte uns auch erklärt, dass diese Kinder sehr viel länger der Hilfe durch die großen Leute bedurften, als wir Katzenkinder. Allerdings konnte sie uns nicht sagen, warum das so war. War letztlich ja auch egal, für mich sowieso und überhaupt.

Nachdem ich festgestellt hatte, dass auf der einen Seite

des Baches nur sehr wenige Bäume standen und dahinter eine große Wiese lag, wandte ich mich sofort dieser Gegend zu. Auf dieser Wiese befanden sich auch noch größere Tiere. Ich hatte keine Ahnung, um welche Tiere es sich handeln mochte, aber sie schienen mir weder gefährlich noch bösartig.

Später würde ich erfahren, dass es sich dabei um Rinder, genauer gesagt um Kühe, handelte. Sie lagen die allermeiste Zeit nur ruhig im Gras und kauten. Hin und wieder stand die eine oder andere Kuh auf, um sich einen anderen Platz zu suchen. Dabei fraß sie Gras und Blumen, oder was ihr dabei eben in dieser Art so vors Maul kam.

Am anderen Ende dieser Wiese standen zwei Häuser. Eines war relativ zum anderen sehr klein, das andere entsprechend größer. Die wollte ich später erkunden. Aber ich war auch davon überzeugt, dass in diesen beiden Häusern nicht nur Leute lebten, die Katzen mochten, sondern womöglich auch richtige Katzen. Es bestand durchaus die Möglichkeit, dass diese hier lebenden Katzen ihre neue Nachbarschaft, nämlich mich, wahrscheinlich als störend empfinden würden, wie eben vor ein paar Tagen schon Lomisol. Es bestand natürlich aber auch die Möglichkeit, dass diese hier wohnenden Katzen mich nicht nur nicht als störend empfinden würden, sondern mich vielleicht sogar willkommen heißen könnten.

Ich drehte wieder um, das heißt, ich wandte mich wiederum dem Bach zu. Je weiter ich ihm folgte, desto unwirtlicher wurde er. Immer größere Felsbrocken lagen im und um das Bachbett. Dazwischen gab es kleinere oder auch größere Weiher, oder eher Tümpel, in denen das Wasser still zu stehen schien. In Wahrheit floss es aber nur sehr langsam, bildete Strudel und verhielt sich in vielerlei Hinsicht anders, als man es von einem Bach erwartet. Auch gab es hier so gut wie keine Fische mehr.

Dann wurde es vollends verrückt. Ich kam zu einem Bereich, wo das Wasser sich fast zu einem See verbreitete und in diesen stürzte aus großer Höhe eine Wasserflut nieder, wie ich sie mir gar nicht hatte vorstellen können! Diese

Wasserflut verursachte auch das Tosen und Donnern, welches ich schon seit einiger Zeit vernommen hatte.

Langsam und vorsichtig ging ich um diesen ‚See' herum, um zu sehen, wie es hinter dieser seltsamen Wasserwand aussah. Tatsächlich war es auch möglich diese stürzenden Wasser zu umgehen. Es war zwar sehr nass, so als ob ich in einen heftigen Regen gekommen wäre, aber sonst war alles normal.

Als ich endlich hinter diese, vom Himmel stürzende Wasserwand kam, konnte ich undeutlich durch sie hindurch sehen. Unter der Wand schäumte und brodelte der See, er wurde von den stürzenden Massen ordentlich aufgewühlt. Der Anblick war irgendwie faszinierend und ich gab leider zu wenig auf den hier doch sehr rutschigen Untergrund acht.

Das war ein Fehler. Denn nach einem weiteren, unbedachten Schritt glitt ich ganz einfach aus und rutschte in den brodelnden See. Das wäre noch nicht so schlimm gewesen, aber ich geriet in den Sog dieses Wasserstrudels und wurde von ihm in die Tiefe gerissen. Kurz schwanden mir die Sinne, dann kam ich wieder zu mir und musste zu meinem Verdruss feststellen, dass ich eine ordentliche Menge Wasser geschluckt hatte.

Immer noch wurde ich herumgewirbelt, sodass ich nicht wusste, wo oben und wo unten war. Ich wusste, dass ich hier keinesfalls atmen durfte, das musste warten, bis ich wieder an der Oberfläche war. Nur: Wo war nur diese Oberfläche? Ich musste unbedingt Luft holen! Meine Lungen schienen zu platzen!

Ich begann wie wild zu strampeln um diesem Sog zu entkommen und endlich Luft holen zu können. Als mir schon wieder die Sinne schwinden wollten, wurde ich an, oder besser gesagt auf einen Felsen – jedenfalls hielt ich ihn für einen solchen! – geschleudert. Das presste nun endgültig die letzten Reste Luft aus mir heraus.

Aber, welch ein Glück! Ich war aus dem Wasser heraußen! Benommen blieb ich einige Momente liegen, froh, dass doch irgendwie wieder Luft in mich eindrang. Das war jedoch gar nicht so gut, wie ich im ersten Moment dachte, denn ich begann fürchterlich zu husten und zu spucken und Wasser zu erbrechen.

Es dauerte eine ganze Weile, bis ich soweit war, um überhaupt sehen zu können, wo ich denn nun eigentlich gelandet war. Die Erkenntnis, die ich daraufhin gewann, war jedoch nicht dazu angetan, mich in Hochstimmung zu versetzen. Wohl war ich an, oder besser gesagt, auf einem Felsen gelandet, aber dieser war sehr flach und ragte kaum eine Krallenlänge aus dieser brodelnden See heraus.

Und außerdem war er vom nächsten Felsen, beziehungsweise vom Ufer, so weit entfernt, dass ich die Entfernung nicht mit einem Sprung überwinden konnte – jedenfalls nicht aus dem Stand! Ich musste also nochmals ins Wasser! Na, bravo!

Darüber hinaus war ich nicht nur pitschnass, sondern mir war wieder einmal elendiglich kalt! Kalt oder nicht, es half nichts: Ich musste ans Ufer, sonst würde ich nie trocken werden und mich nie wieder erwärmen können! Mit Todesverachtung warf ich mich auf der ruhigeren Seite des Felsens ins kalte Wasser und paddelte ans Ufer.

Dort angekommen, begann ich zu laufen, um mich zu wärmen. Ich lief den Weg zurück, der mich hierher gebracht hatte. Der Luftzug half mir auch etwas beim Trocknen. Als ich die Wiese mit den Kühen erreichte, überlegte ich mir, dass es vielleicht klug wäre, zu den Häusern hinüber zu laufen, um in der geschützten Wärme wieder zu Kräften zu kommen.

Das tat ich dann auch, wenn auch mit der nötigen Sorgfalt und in entsprechender sicherer Entfernung von den Kühen, schließlich weiß man ja nie. Ich näherte mich diesen beiden Häusern mit ebensolcher Vorsicht, denn die Gefahr eventuell stande pede sofort wieder verjagt zu werden, konnte ich natürlich nicht gut unberücksichtigt lassen.

Ich näherte mich dem, wie ich dachte, kleineren der beiden Häuschen entsprechend vorsichtig. Da war auch eine offene Türe durch welche ich hinein spähte und fand, dass sich offensichtlich niemand darin befand. Also ging ich hinein um mich umzusehen und fand auch sehr rasch wieder einen Raum, voll mit Heu und Stroh. Ich buddelte mich ins Heu und verfiel augenblicklich in tiefen Schlaf.

Noch im Einschlafen wurde mir mit Schaudern klar, dass ich offenbar soeben mein drittes Leben verbraucht hatte. Aber darüber machte ich mir im Moment noch nicht die geringsten Gedanken. Ich war vielmehr heilfroh, diesen tückischen Wasserstrudeln und Untiefen einigermaßen unbeschadet, wenn auch gewiss unverdientermaßen, entkommen zu sein. Vielleicht, wenn ich morgen, trocken, warm und hoffentlich auch gesättigt ...?

Athasonia

Als ich wieder erwachte, wusste ich im ersten Augenblick nicht, wo ich war. Erst nachdem ich mich wieder etwas vom Heu befreit und umgesehen hatte, erinnerte ich mich an den gestrigen Tag. Mein erster Geburtstag war immer noch nicht da und ich hatte vermutlich bereits drei Leben eingebüßt!

Was hatte ich falsch gemacht? Hatte mich meine Neugier wieder über Gebühr in ihren Bann gezogen? Offensichtlich. Dennoch: Mein Pummelwitz musste in neue Bahnen gelenkt werden! Ich könnte mich ohrfeigen, wenn ich nur daran denke, wie blauäugig ich durch die Welt gehe!

Plötzlich bekam ich Hunger. Ich machte mich also wieder auf den Weg zum Bach, als ich SIE sah! Sie war schneeweiß und hatte vier entzückende kohlrabenschwarze Pfötchen. Gerade so, als hätte sie Schühlein an! Ich war so hingerissen, dass ich sogar meinen Hunger vergaß.

Vorerst blieb ich wie angewurzelt stehen und getraute mich nicht, mich ihr zu nähern. Noch hatte sie mich nicht bemerkt. Ich wusste nicht, was ich am besten tun sollte. Ich wollte nicht aufdringlich erscheinen, aber ich musste sie irgendwie ansprechen, musste wissen woher sie kam, ob sie hier zuhause war, und noch eine ganze Menge mehr.

Nach einer ganzen Weile weiterer nutzloser Überlegungen entschied ich mich für einen geradlinigen Weg. „Hallo, meine schöne Unbekannte! Ich bin eben erst in diese Gegend gekommen und bin am Überlegen, ob ich mich eventuell hier niederlassen könnte! Mein Name ist Sinepoi und ich bin beinahe schon ein Jahr alt."

Sie drehte sich bedächtig um – ja, doch! Bedächtig! Als ob es nichts auf der Welt gebe, das ihr Unbill verursachen könnte! – sah mich kurz an – was heißt sah mich an? Sie musterte mich eindringlich! Nein: Durchdringend! – und sagte sodann mit weicher, etwas verhaltener und eher leiser

Stimme: „Ich dachte schon, du würdest nie wieder erwachen! Als du gestern abends wie ein begossener Pudel im Stall verschwandest, dachte ich, du würdest zur Dämmerungszeit schon wieder auftauchen. Als das aber nicht geschah, ging ich nachsehen, wo du eigentlich geblieben warst."

„Du hast mich kommen gesehen? Ich habe dich gar nicht bemerkt!"

„War ja auch kein Wunder, ich lag am Fensterbrett hinter der Scheibe in der Küche! Jedenfalls hab ich dich im Heu gefunden und gesehen, dass du dringend Wärme benötigst. Also ließ ich dich in Ruhe. Mein Name ist im übrigen Athasonia."

Das klang alles sehr freundlich und ich wurde sofort mutiger. „Ich begrüße dich Athasonia! Ich möchte dir auch gar nichts streitig machen, aber ich würde doch ganz gerne in dieser Gegend bleiben! Ist das möglich?" Ich wollte doch gleich Klarheit schaffen.

„Da hast du aber großes Glück, denn ich wohne hier schon eine viel zu lange Zeit alleine und würde mich sehr über eine angenehme Gesellschaft freuen! Du bist doch eine angenehme Gesellschaft, oder?" Eine Betrübnis, für die ich keinen Grund erkennen konnte, war in ihrer Stimme enthalten.

„Ich weiß es nicht, aber ich würde dir gerne Gesellschaft leisten. Du kannst dann selbst herausfinden, ob sie angenehm ist. Wenn nicht, ja dann ... warten wir vielleicht erst einmal ab!" Irgendwie fühlte ich mich plötzlich so richtig unsicher. So eine Herumgestotterei war sonst so gar nicht meine Art. Was war nur los mit mir? Diese Katzendame war doch ganz freundlich und unprätentiös mir gegenüber aufgetreten! Ich war total verunsichert.

Athasonia lächelte mich an. Irgendwie schien sie meine Unsicherheit zu spüren und sich darüber zu erheitern. „Du hattest wohl noch nie mit einer Katzendame zu tun, oder?"

Wenn es mein Fell zugelassen hätte, wäre ich wohl puterrot angelaufen vor lauter Verlegenheit. „Doch, doch." beeilte ich mich zu erwidern. „Meine Mutter und meine Schwestern. Aber irgendwie zählen die in dieser Hinsicht wohl nicht, denke ich."

„Kenne ich deine Mutter eventuell?" wollte Athasonia wissen.

„Ich weiß nicht, vielleicht? Sie heißt Corsoma. Meine Schwestern heißen übrigens Singuina und Selesia. Aber die kennst du sicherlich nicht. Die beiden waren noch nie weiter als einen Steinwurf vom Hof entfernt!" Schön langsam beruhigte sich meine Aufregung wieder etwas.

Athasonia legte den Kopf schief, so als würde sie intensiv über etwas Wichtiges nachdenken. Dann nickte sie, offenbar hatte sie in ihrer Erinnerung etwas entdeckt. „Doch, ich glaube. Da kam vor einiger Zeit, es muss sicherlich so ungefähr etwas vor über einem Jahr gewesen sein, ein sehr eingebildeter Kater vorbei, der sich, wer weiß wieso, etwas darauf einbildete, fünf Kinder zu haben. Aber er hätte keine Lust, sich mit der Mutter wegen deren Erziehung zu streiten. Ich bin mir ziemlich sicher, dass der Name Corsoma in dieser Angelegenheit fiel!"

Meine Erregung stieg sofort wieder. „Soll das heißen, du kennst meinen Vater?" fragte ich verdutzt. „Mama hat uns so gut wie gar nichts über ihn erzählt. Sie wusste auch nicht, wo er sein könnte."

„Also wenn du noch vier Geschwister hast, dann könnte es durchaus sein. Aber hast du nicht von nur zwei Schwestern gesprochen?" Athasonia schien Zweifel zu haben, ob wir über die gleiche Person sprachen.

„Oh ja! Ich habe noch zwei weitere Schwestern, aber die kamen bald nach unserer Geburt zu einer Pflegefamilie! Ich weiß nicht einmal mehr, ob Mama ihnen überhaupt schon Namen gegeben hatte; jedenfalls wüsste ich keine." Meine Aufregung legte sich wieder etwas.

„Dann scheine ich sie also doch irgendwie zu kennen. Oder jedenfalls deinen Vater. Ich denke jedoch, du solltest froh sein, ihm nicht über den Weg gelaufen zu sein, er war kein besonders freundlicher Zeitgenosse!" Sie schien keine angenehmen Erinnerungen an diesen Kater zu haben. „Aber eine ganz andere Frage, die mich viel mehr interessiert: Wieso kamst du gestern so pitschnass hier angerannt?"

Meine Verlegenheit stieg wieder ins Unermessliche. Ich druckste nur so herum.

„Na, so schlimm kann es doch nicht gewesen sein, dass du dich nicht einmal mehr daran erinnern möchtest!!" Athasonia schnurrte, als ob sie mir besonderen Mut machen wollte.

„Also, ich war bei dem stürzenden Wasser. Eigentlich dahinter. Leider war ich nicht aufmerksam genug, bin ausgeglitten und wurde weggespült. Dass ich überhaupt wieder heraus kam, verdanke ich einem Felsblock, der mir Gelegenheit gab, wieder etwas Luft zu bekommen und das verschluckte Wasser loszuwerden!" Es war immer klug, möglichst nahe an der Wahrheit zu bleiben.

„Na du bist mir ja ein toller Held! Bist du immer so waghalsig, oder war das nur ein jämmerlicher Zufall?" Athasonia schien mehr erheitert als besorgt.

„Ich glaube, dass liegt mir im Blut. Wenn ich's richtig bedenke, habe ich damit bereits drei meiner sieben Leben eingebüßt!" Wenn schon, denn schon. Jetzt konnte sie auch gleich alles wissen. Und so erzählte ich ihr auch von meinen ersten beiden Verhängnissen. Selbstverständlich wurde die beiden Erzählungen doch etwas mehr ausgeschmückt, als es den reinen Tatsachen vielleicht unbedingt geschuldet gewesen wäre.

So konnte ich natürlich schlecht zugeben, von der leichten Brennbarkeit des Heus nichts gewusst zu haben, beziehungsweise die Entflammung des Heus praktisch ‚verschlafen' zu haben. Noch weniger konnte ich denn auch verständlicherweise zugeben, mich nicht davon überzeugt zu haben, dass der, von mir als so gefährlich beschriebene, Hund nicht ausreichend angeleint war.

Umso deutlicher hob ich dagegen die Furchtlosigkeit hervor, welche ich trotz der erlittenen Verbrennungen meiner Füße, bei der so abenteuerlich ausgeführten Flucht vor dem Feuer bewies.

Seltsamerweise stieg ich jedoch offenbar in ihrer

Achtung, denn sie hörte mir nicht nur aufmerksam zu, sondern sie deutete auch an, dass sie sich mit so jemandem wie mir gerne verbunden fühlen würde! „Ich würde mich sehr freuen, wenn du bei mir bleiben würdest." Meinte sie noch bevor wir uns um Futter kümmerten, denn inzwischen hatte sich bei mir auch wieder mit Nachdruck der Hunger gemeldet.

Ich wollte selbstverständlich noch eine ganze Menge mehr über sie und auch über meinen Vater, sowie überhaupt über die ganze Gegend und den Hof hier erfahren. Aber nachdem ich schon so viel und so lange über mich und meine Welt geplappert hatte, war mir eine kleine Pause, zusammen mit einer guten Mahlzeit, nur angenehm.

Außerdem nahm ich mir vor, nicht allzu aufdringlich zu erscheinen und sie nur mit plausiblen Fragen zu behelligen. Der Rest würde sich dann schon von ganz alleine ergeben.

Also aß ich wieder meine gewohnte Portion bestehend aus einem Fisch und zwei Mäusen, das heißt heute waren es in Wahrheit zwei Fische und drei Mäuse, was wohl eine Folge der gestrigen Aufregungen war, und ruhte mich am Rande der Wiese aus. Als Athasonia ebenfalls gespeist hatte, kam sie zu mir und legte sich an meine Seite.

Sofort wurde ich wieder unruhig und meine ungebremste Neugierde brach hervor. „Wie lebt es sich hier auf dem Hof?" begann ich meine Fragen an sie. „Wie viele Leute leben hier? Sind sie auch so katzenfreundlich wie meine bisherigen Leute? ..."

„Langsam, langsam!" unterbrach mich Athasonia sofort und gab mir mit einem kleinen Klaps auf die Schulter zu verstehen, dass ich es schon noch erwarten würde. „Erstens leben hier keine ‚Leute‘, sondern sehr liebe und aufmerksame ‚Personen‘! Wir verwenden hier den Begriff ‚Leute‘ nur für unbekannte Fremde, von denen wir nichts oder nicht viel wissen und denen wir möglicherweise nicht vertrauen können. Alle übrigen für uns wichtigen und bekannten Leute nennen wir ‚Personen‘!. Außerdem nennen wir diese Personen denn meistens auch mit Namen – du weißt doch, dass all diese

Personen unseres Bekanntenkreises Namen haben? Oder etwa nicht? – um eben auszudrücken, dass wir sie kennen und sie für uns wichtig sind. Und in den meisten Fällen natürlich auch freundlich zu uns sind.

„Das habe ich nicht gewusst, das heißt, ich habe den Ausdruck ‚Leute‘ für ganz normal gehalten, auch wenn ich die Namen dieser Personen kannte und gegebenenfalls selbstverständlich auch benutzte, obwohl ich ihre Namen meist eher absurd als schön empfand. Genauso wie die Namen, die sie uns gaben. Und ich kannte den Ausdruck ‚Personen‘ bisher auch nicht!" warf ich ein.

„Darum sage ich es dir ja auch. Aber darüber hinaus solltest du wissen, dass sie Anneliese und Wolfgang heißen, obwohl sie meistens nur Liesl und Wolfi gerufen werden."

„Und? Sind sie auch katzenfreundlich?"

„Ja, aber sicher! Meistens bekommen wir von Liesl die besonderen und nur für uns bestimmten Leckereien. Und oft auch nur heimlich, damit es der gute Wolfi nicht merkt, was aber gar nicht stimmt, denn er weiß es sehr wohl, da er mitunter sogar noch etwas dazu tut, wenn er denkt, dass sie zu sparsam mit den besonderen Leckereien war."

„Das hört sich ja außerordentlich erfreulich an," bemerkte ich dazu „und was sind das für große Tiere, die hier auf der Wiese herumliegen?"

„Die Kühe? Die sind ganz harmlos, solange man sich nicht versehentlich unter ihre Hufe begibt. Kennst du keine Rinder?"

„Nein, ich weiß auch nicht, dass sie so heißen. Wozu sind sie eigentlich da?"

„Also es gibt, wie gesagt, Kühe, das sind diejenigen die hier auf der Wiese herum liegen. Sie kommen jeden Morgen ins Haus, wo sie gemolken werden. Von ihnen kommt die Milch, welche uns von unseren Personen von Zeit zu Zeit serviert wird."

„Ach, daher kommt die Milch! Bei uns kam sie immer nur entweder aus einer Flasche oder aus einem … ich weiß nicht wie das heißt, es lässt sich aber ganz hervorragend zerreißen, zerbeißen und zerkauen."

„Das wird wohl Karton sein."

„Du bist aber klug! Was du schon so alles weißt!"

„Ich bin auch schon fast drei Jahre alt! Aber lass uns jetzt zurück ins Haus gehen, damit ich dir Liesl und Wolfi vorstelle und überhaupt das ganze Haus zeigen kann."

Auf diese Weise hatte ich heute früh schon mehr gelernt, als ich mir auf einmal merken konnte und meine Lehrstunde war offensichtlich noch lange nicht vorbei!

Noch während wir zum Haus gingen, besah ich mir die Kühe genauer. Sie schienen nicht nur harmlos, sondern auch ein wenig einfältig zu sein. Ich musste mir vormerken, Athasonia danach zu fragen, wo sich der Rest der Tiere, die sie Rinder nennt, befand.

Aber meine Aufmerksamkeit wurde sehr rasch auf andere Dinge gelenkt: Die beiden, Liesl und Wolfi, hatten uns ganz offensichtlich schon seit einiger Zeit beobachtet, dann kaum hatten wir die – wie ich später erfuhr: ständig offene – Haustüre passiert, als wir auch schon sehr herzlich begrüßt wurden.

Die Begrüßung bestand darin, dass jeder der beiden einen von uns auf den Arm nahm und freundlich mit uns sprach. Athasonia, die eine solche Prozedur offenbar gewöhnt war, sagte noch zu mir, dass ich es mir am besten einfach gefallen lasse.

„Da ist uns offensichtlich ein neuer Gast beschert worden!" sagte Liesl und Wolfi antwortete „Denkst du, dass er bleiben wird, oder ist er nur auf der Durchreise?"

„Für den Fall, dass er bleibt, hab ich auch schon den richtigen Namen für ihn, was hältst du von ‚Blacky‘, oder findest du ‚Panther‘ passender?"

„Ich würde hoffen, dass er nicht so wild ist," meinte Wolfi, „ich glaube dass ‚Blacky‘ schon angemessener wäre!"

So etwas war für mich nun zwar nicht gänzlich neu, aber die Art und Weise wie es geschah, war doch einigermaßen ungewöhnlich, allem voran jemandem Fremden gegenüber. Dennoch empfand ich, dass dies wohl die erwünschte

Aufnahme in mein neues Zuhause war.

„Siehst du", sagte ich zu Athasonia, „schon hab' ich wieder so einen sehr eigenartigen Namen bekommen. Meine früheren Leute ... wollte sagen Personen, haben mich Baghira genannt. Ich habe keine Ahnung, was das in ihrer Sprache bedeutet, aber sicherlich hat es irgendetwas mit schwarz zu tun, ... vielleicht aber auch mit wild, denn ich war wohl schon ganz zu Beginn ein recht wilder Kerl ..." fügte ich versonnen hinzu.

„Oder auch in Anlehnung an deinen Vater?" ergänzte Athasonia. „So wie ich die Sache sehe, also, soweit ich deinen Vater beurteilen kann, muss er wohl ebenfalls ein recht wilder Kerl sein. Wahrscheinlich hast du sowieso seine Eigenschaften geerbt!"

Erstaunt sah ich sie an. "Ich hoffe doch nicht alle? Ansonsten werde ich wohl kurzerhand wieder vor die Tür gesetzt!" setzte ich erschrocken hinzu.

„Na, warten wir's erst einmal ab!" spottete sie daraufhin. Übrigens werde ich von den beiden ‚Victoria' genannt.

So angenehm diese neue Erfahrung auch war, es blieben noch eine Menge Dinge, die ich kennen lernen wollte. Als wichtigstes: Wie funktionierte dieses Haus. Welche Räume waren für uns permanent zugänglich, welche wenigstens zu bestimmten Zeiten, wie rasch konnte man gegebenenfalls das Haus verlassen.

Warum gerade letzteres für mich so wichtig war, lag daran, dass ich es von Anfang an vorzog, meine Geschäfte außerhalb des Hauses zu erledigen. Zwar gab es, wie auch schon in meinem alten Zuhause, so eine bestimmte Kiste, welche mit einer sandartigen Masse gefüllt war, aber irgendwie kam ich damit nicht so richtig zurande.

Außerdem wurde ich auch mit dem Rest der Rinderherde vertraut. Da war in dem Haus, in welchem auch das Heu gelagert war, ein eigener Raum für die Rinder. Dabei gab es eine eigene abgeteilte Region, in welcher ein ‚Stier' genanntes Rind beherbergt war. Laut Athasonia sollte man sich diesem

Tier keinesfalls unbedacht nähern, da es recht oft und manchmal auch völlig unerwartet aggressiv reagierte.

Jedenfalls waren meine ersten Tage in der neuen Heimat ausgefüllt mit allerlei Interessantem, Aufregendem und vor allem Wissenswertem. Nie zuvor war ich mit so vielen Neuerungen konfrontiert worden – woher auch? Allein durch mein kindliches Aufwachsen geschah das meiste davon so ganz nebenher – und natürlich auch nicht mit einer so exzellenten Lehrerin wie meine wunderschönen Athasonia!

Falls sie es noch nicht gemerkt haben: Ich war rettungslos verknallt in meine neue Freundin! Wie sich Athasonia jedoch schon zu bemerken nicht verkneifen hatte können, hatte ich im Prinzip keine Erfahrung mit dem weiblichen Katzengeschlecht. An und für sich empfand ich diesen Makel durchaus nicht als störend, aber irgendwie war da ein Gefühl, welches ich mir weder erklären noch einordnen konnte.

Andererseits war ich sowieso hauptsächlich damit beschäftigt, mich mit meiner neuen Umgebung vertraut zu machen. Ganz besonders die für mich sehr erfreulichen persönlichen Zuwendungen von Liesl und Wolfi, besonders im Gegensatz zu Luise und Jakob. Unter welchen Umständen auch immer, ich konnte keinen Unterschied in ihrem Verhalten gegenüber uns beiden Katzen erkennen.

Altes und Neues

Im Haus von Athasonis lernte ich also eine Menge neuer Dinge kennen. Als Wichtigstes sei vermerkt, dass Liesl und Wolfi offensichtlich an mir genauso Gefallen fanden wie an Athasonia und genau so viel Gefallen wie Athasonia an mir. Das bedeutete vor allem, dass es auch für mich dieselben Leckerbissen gab wie für alle anderen und wir uns daher auch nie streiten oder überhaupt benachteiligt fühlen mussten.

Das war nun zwar ebenfalls nicht ganz neu, aber nichtsdestotrotz erfreulich. Was jedoch völlig neu für mich war, war eine eigene Türe für uns Katzen! Zu Beginn hatte ich keine Ahnung, wie sie funktionierte, da ich den Schwingmechanismus nicht durchschaute. Jedesmal wenn ich sie anstupste, bekam ich eins auf meine Nase und das erschreckte mich!

Darüber muss ich noch etwas berichten. Selbstverständlich waren so gut wie alle Türen in diesem Haus ständig offen, Es gab jedoch Zeiten, wo sie dennoch verschlossen wurden. Etwa bei Regen und Kälte, oder wenn Liesl und Wolfi außer Haus waren. Das kam immer wieder einmal vor und manches Mal sogar für zwei oder drei Tage. Und da wir anhand dieser Klappe völlig problemlos ein- und ausgehen konnten, wann immer wir das wollten, so hatten wir selbstverständlich auch kein Problem damit eine Zeit lang allein das Haus zu bewachen.

Aber ich hatte zum Glück eine hervorragende Lehrmeisterin. Athasonia zeigte mir, dass ich sofort, nachdem ich die Türe angetippt hatte, sofort selbst hindurch musste. Erst wenn ich durch war – die Türe hielt ich dabei mit meinem Rücken in der Höhe – schwang sie wieder zurück, sodass eine eventuell nachfolgende fremde Katze – die eine derartige Klappe, so wie ich zu Beginn ebenfalls, nicht kannte – vor der wieder verschlossenen Klappe stand und sich nicht erklären konnte, wohin wir verschwunden waren!

Das war eine ganz tolle Sache und ich probierte sie, gleich nachdem ich die Funktion durchschaut und begriffen hatte, mehrmals aus, indem ich öfter hindurch lief. Athasonia stand nur dabei und schüttelte den Kopf über so viel kindlichen Spieltrieb. Sie meinte jedoch auch, dass sie zu Beginn ganz genau dasselbe gemacht hatte.

Das Haus selbst, also sein Inneres, war nicht wesentlich anders als jenes, das ich verlassen hatte. Es gab so gut wie keine verschlossene Türe und damit stand mir ein permanentes Exkursionsrevier zur Verfügung. Nicht dass ich nicht schon nach zwei Tagen alles wesentliche gesehen hätte, aber es gab doch immer wieder Veränderungen, die einer Kontrolle bedurften.

Zu den verschlossenen Türen wäre noch zu sagen, dass sich hinter ihnen durchaus interessante Dinge verbargen, welche man – ich – natürlich hin und wieder ebenfalls erkunden musste. Und hier gab es ebenfalls einen großen Unterschied zu Luise und Jakob. Wenn ich in meinem alten Zuhause einen bestimmten Raum aufsuchen wollte, so konnte ich bitten und betteln wie ich wollte, er blieb gnadenlos verschlossen. Nicht so hier: Falls ich einen dieser Räume unbedingt erkunden wollte, so genügte schon ein kurzer Maunzer und schon eilte jemand, Liesl oder auch Wolfi, herbei um mir den erwünschten Gefallen zu tun.

Nicht nur das. Das Tollste überhaupt war die Möglichkeit bei ihnen im Bett, in ihrem Bett, zu schlafen oder, speziell am Morgen, die Wärme des eben verlassenen Bettes zu genießen. An derartige Wohltaten hatte ich nie im Traum gedacht!

Im Übrigen hatte ich mich zu Beginn mit der Einschätzung der beiden Häuser ordentlich vertan. Jenes, welches ich für das kleinere der beiden betrachtet hatte, war in Wahrheit nicht nur das größere sondern sogar ganz erheblich größer. Allein durch die Anordnung der beiden schienen sie von der Waldseite her ganz anders gestaltet zu sein. Vor allem da das Wohnhaus ein gutes Stück höher war als das Wirtschaftsgebäude erweckte es den Eindruck von ‚größer‘.

Im Gegensatz zu unserem alten Hof gab es jedoch im Haus auch einen besonderen Platz für Katzen. So etwas wie ein Nest. Das heißt, da war eine Art Polster, darüber eine Wolldecke, und das ganze lag auf einer Ofenbank, die um einen Kachelofen herumlief. Das Katzenbett war relativ groß, sodass wir beide darauf Platz hatten.

Meine neuen Personen fanden es niedlich, dass wir uns von Beginn an so gut verstanden, um gemeinsam auf diesem Bettchen zu schlafen. Zu diesem Zweck rollten wir uns so umeinander, dass einer von uns beiden seinen Kopf auf die Schulter des anderen legen konnte, und so schliefen wir. So wurden wir ein richtiges Liebespaar.

Natürlich nur, wenn wir nicht draußen unterwegs waren. Meistens war es so, dass wir erst spät in der Nacht, manchmal sogar auch erst früh am Morgen ins Haus zurückkehrten.

Wenn man jetzt denkt, dass wir zusammen jagten, dann ist das ein Irrtum. Wir hatten jeder unsere eigene Jagdtechnik, und da war der andere nur ein Störfaktor. Was nicht heißen soll, dass wir uns nicht des Öfteren eine Beute teilten. Athasonia hatte beispielsweise so gut wie keine Erfahrung mit dem Fischen. Das führte dazu, dass ich hin und wieder einen Fisch quasi nach Hause brachte, den wir dann gemeinsam verzehrten.

So gingen die Tage dahin. Es gab kaum Aufregenderes als das eine oder andere ungewohnte Tier, das in unser Revier eindrang und das von uns beiden gemeinsam wieder vertrieben wurde, wie etwa Hunde. Oder sie wurden gefangen, getötet und gefressen, oder nur getötet, wie zum Beispiel Ratten oder Schlangen. Obwohl: Schlangen ergaben mitunter schon ein sehr ergiebiges Mahl, welches wir dann auch gemeinsam verzehrten.

Es gab aber auch Tiere, welche wir gemeinsam jagten, beispielsweise Maulwürfe. Die Jagd auf sie war ein besonderer Spaß, der uns manches Mal einen halben Tag lang erfreute. Solche erlegten, aber nicht verspeisten Tiere brachten wir dann unseren Betreuern einesteils zur Begutachtung, aber andererseits auch, weil wir dafür viel Lob einheimsten.

Besonders die Spezies der Spitzmäuse brachten besonders viel ein. Warum? Weil wir davon meistens gleich fünf bis sechs Stück sorgsam arrangiert vor die Haustüre legten.

Dabei ging es uns gar nicht um das Lob, es ging uns vielmehr darum, dass wir Liesl und Wolfi auch eine Freude bereiten wollten. Und auch, weil diesem Lob fast immer ein besonderer Leckerbissen folgte, den wir uns selbstverständlich gerecht teilten.

Einige Male waren wir auch bei den stürzenden Wassern, Athasonia war zuvor noch nie dort gewesen, und ich musste ihr zeigen, wie und wo mir das Missgeschick widerfahren war. Natürlich gaben wir höllisch Acht, dass sich dieses nicht wiederholen würde! Aber die Neugierde, nicht nur meine, auch die von Athasonia musste nun einmal befriedigt werden, koste es was es wolle.

So zog fast ein ganzes weiteres Jahr ins Land. Wir verstanden uns weiterhin gut. Fast spielte sich so etwas wie ein Familienleben ein. Wenn es gerade passte, fraßen wir gemeinsam, vor allem, wenn es von unseren Personen Leckereien gab. Zwar gab es diese nicht so oft, dass wir auf die Jagd verzichten hätten können, aber immerhin.

Es kam auch vor, dass wir gemeinsam auf Jagd gingen, aber das war sehr selten. Ich ging sehr oft Fischen. Das war in dieser Gegend mit dem breiten und flachen Bachbett und den darin enthaltenem Geröll ein richtiger Spaß. Athasonia fand das nicht so großartig wie ich, sie ging lieber alleine auf Vogeljagd.

Darin hatte sie eine enorme Technik entwickelt, indem sie sich auf den Feldern auf die Lauer legte und die nach Würmern oder Insekten Ausschau haltenden und dadurch abgelenkten Vögel überraschte. Man glaubt ja gar nicht, wie gut man sich im Gras, vor allem wenn es schon etwas höher war, verstecken konnte. Und Athasonia speziell hatte eine Engelsgeduld und lag wie ein Stein so unbeweglich im Gras, dass manche der unvorsichtigeren Piepmatze sie solange nicht bemerkten, bis sie schon in Reichweite ihrer Krallen waren!

Ich sah mich auch in der näheren Umgebung unseres Gehöftes um. Zum Teil kam ich sogar in Reviere fremder Katzen, aber so großartig waren deren Reviere nicht, dass sie für mich mehr als nur der Orientierung wegen von Interesse waren.

Selbstverständlich kannte ich nach einiger Zeit praktisch alle in dieser Gegend lebenden Katzen und Kater. Natürlich gab es auch die eine oder andere Balgerei, manchmal auch ernsthaftere Auseinandersetzungen. Aber im Großen und Ganzen verlief alles im Rahmen und außer dem einen oder anderen blutigen Ohr oder Kratzer an der Nase gab es auch keine nennenswerten Verletzungen.

Immer wieder versuchte ich auch etwas über meinen Vater in Erfahrung zu bringen, aber außer Spott, wenn sich schon jemand an ihn erinnerte, erfuhr ich nichts.

Und dann wurde Athasonia schwanger. Ich bekam das zu Beginn gar nicht richtig mit, ich dachte eher, dass sie eben zunahm, weil sie zu wenig Bewegung machte. Aber als sie sich mehr und mehr zurückzog, fragte ich sie doch, was mit ihr los sei.

„Ich bekomme kleine Kätzchen!" sagte sie nur und ließ mich stehen.

„Sind die dann von mir?" wollte ich wissen. Ich kannte mich mit diesen Dingen halt so gar nicht aus.

„Von wem denn sonst?" setzte sie patzig hinzu.

So ließ ich sie in Ruhe und gab mich meiner Lieblingsbeschäftigung hin: Dösen. Nichtsdestotrotz machte ich mir über meine Nachkommen in spe so meine Gedanken. Wie viele würden es werden? Würden es mehr Kater oder mehr Kätzchen geben? Würden Liesl und Wolfi genau wie Luise und Jakob ‚meiner' Athanasia ebenso die Möglichkeit nehmen auch weiterhin Kinder zu bekommen? Würden sie, ebenso wie Luise und Jakob, ‚meine' Kinder sofort wieder an andere neue Pflegeeltern weiter zu reichen?

Über all diesen Fragen schlief ich schließlich ein. Trotzdem ließ mich das Thema natürlich nicht los und so träumte ich weiterhin so schreckliche und mich zu Tode erschreckende Träume. Wie zum Beispiel, dass sämtliche unserer Kinder nur zu Leuten kamen, bei denen sie praktisch ihre gesamte Zeit ausschließlich in engen Räumen fristen mussten.

Ohne einer Möglichkeit durchs freie Land zu schweifen und nach eigenem Gutdünken zu jagen und herum zu tollen. Ohne der Freude, die die Jagd nach einem Vogel auslöste, wenn man endlich seiner habhaft wurde. Ganz zu schweigen von dem Genuss ihn zu verspeisen!

Oder der Genuss eines frisch gefangenen Fisches, selbst wenn man davor vielleicht einige Male unfreiwillig Bekanntschaft mit dem kalten Wasser gemacht hatte. Oder vielmehr eigentlich dann erst recht!

Ich hatte richtiggehende Albträume und dabei keine Ahnung, woher sie kamen und welchen Zweck sie hatten. Bisher hatte ich derartiges noch nie erlebt, oder besser gesagt geträumt. Dennoch fand ich, dass das aufhören musste, denn egal was auch immer passieren würde, erstens hätte ich darauf ganz sicher keinen Einfluss und zweitens hätte ich genau so wenig die Möglichkeit, die Wahrheit zu erkunden und zu überprüfen! Also Schluss damit.

So fand ich endlich wieder meinen geruhsamen Schlaf und ängstigte Athasonia nicht mit meinen unnötigen Befürchtungen. So wie es kommen würde, würde es eben kommen. Pasta.

Etwas ganz Neues

Athasonia zog sich immer mehr zurück. Sie kam nur noch hervor, um etwas zu fressen. Und dann blieb sie ganz weg. Als aufmerksamer Vater in spe wusste ich natürlich, wo sie sich versteckt hielt. Und verstecken musste sie sich schon deshalb, um ihre Jungen in völliger und ungestörter Ruhe über die ersten Tage hinweg zu bringen.

Seltsamerweise wollte sie mich in dieser Zeit nicht um sich haben. Oh, sie war schon froh, wenn ich sie mit Mäusen und Fischen versorgte, obwohl sie beispielsweise Vögel jetzt nicht mochte. So ging ich ihr eben so weit wie nur möglich aus dem Weg.

Dann kam der Tag, als sie mir gestattete, zum Nest zu kommen. Meine, nein: unsere Nachkommen waren allerliebst, geradezu zum Fressen süß. Halt! War das der Grund, warum ich sie so lange nicht sehen durfte? Na, das wäre ja noch schöner gewesen! Wo ich doch so stolz auf sie war!

Es waren zwei Mädchen und zwei Buben. Eines der Mädchen war so wie ich kohlrabenschwarz, jedoch mit einem weißen rechten Hinterfuß. Das zweite Mädchen, nach ihrer Schwester geborene, war schneeweiß, wie ihre Mutter, hatte aber nicht ihre von mir so geschätzten schwarzen Söckchen, sondern über den ganzen Körper verstreute kleine schwarze Flecken.

Die beiden Buben waren fast nicht zu unterscheiden. Beide waren ganz einfach schwarz-weiß getigert, wobei sie eine auffällige gleichförmige, das heißt vollkommen symmetrische Zeichnung aufwiesen. Auch waren sie nicht wirklich schwarz-weiß, sondern eher dunkel und hell grau!

„Wie sollen sie denn heißen?" Ich wusste sehr gut, dass ausschließlich die Mutter berechtigt war, ihren Kindern Namen zu geben! Und zwar beide: Sowohl ihren Rufnamen, als auch ihren Machtnamen. Das war der Zeitpunkt, an dem ich mich nach langer Zeit wieder an meinen eigenen Machtnamen erinnerte: Aspunesio.

„Ich bin mir noch nicht sicher. Für die Mädchen habe ich schon welche, aber für die Buben fällt mir absolut nichts Passendes ein!" Athasonia schien deswegen jedoch nicht verzagt zu sein.

„Weißt du wenigstens schon ihre Rufnamen? Und würdest du sie mir eventuell auch verraten? Dann könnte ich sie schon einmal versuchsweise ansprechen!" Meine alte Neugier meldete sich zurück. Und mit ihr auch gleich meine ungezügelte Ungeduld.

„Nein. Das ist es ja gerade! Ich brauche Namen, die zu ihnen passen und die sie dennoch kennzeichnen, das ist überaus schwierig bei derart identem Äußeren!" Sie betrachtete ihren Nachwuchs liebevoll.

„Dürfte ich, ausnahmsweise, einmal einen Vorschlag machen?" An Mut hatte es mir nie gemangelt! An Frechheit auch nicht.

„Wenn er nicht zu absonderlich ist, warum nicht?" Sie schien es nicht als pure Anmaßung zu verstehen, dass ich mich in ihr ureigenstes Refugium einmischte.

Der Disput war kurz, aber erfolgreich. Athasonia fand, dass ich als Vater das Recht hatte, auch ihre Machtnamen zu kennen. So einigten wir uns auf die folgenden Namen für unsere Kinder, Ruf- und (Machtname):

Die Schwarze mit dem weißen Fuß: Imolosa und (Essalomoi).

Die schwarzgepunktete Weiße: Rasione und (Anesiraia).

Der Ältere (weil vor den Mädchen geboren): Girasso und (Ossoragin).

Der Jüngere (weil als Letzter geboren): Sogiras und (Oragissin).

Eine Einschränkung gab es jedoch für mich: Athasonia verbot mir unsere Kinder jemals mit den Machtnamen anzusprechen, es sei denn in der allerhöchsten Not, wenn wirklich gar nichts anderes mehr helfen würde.

Nach einer unausgesprochenen Vereinbarung kümmerte sich Athasonia um Imolosa und Rasione, während ich mich fortan um Girasso und Sogiras zu kümmern hatte. Das Kümmern hieß in erster Linie: Wenn irgendwie möglich keinen Unfug zu machen und keinerlei Alleingänge welcher Art auch immer. Letzteres war allerdings nur in den allerwenigsten Momenten zu verhindern. Meistens entwischten die beiden Rangen bei der erstbesten Gelegenheit und waren danach kaum auffindbar. Und was sie in dieser Zeit gegebenenfalls anstellten blieb mir und ihrer Mutter glücklicherweise meist verborgen.

Jedes Mal wenn ich versuchte, sie im Zaum zu halten, warteten sie lediglich darauf, dass ich nicht mehr so genau auf sie achtete, und weg waren sie. Sie hatten wohl ganz eindeutig meine Neugier und meine Abenteuerlust geerbt. Und, so hoffte ich insgeheim, aber nicht meine Blauäugigkeit. Denn ich hatte nicht vor, sie so rasch zu verlieren. Aber wie rasch das gehen kann war mir nur zu gut bewusst.

Unerklärlicherweise waren die beiden Mädchen sehr viel folgsamer. Ich wunderte mich oft, mit wie viel Geduld Athasonia sie immer und immer wieder zur Räson rief. Jetzt ist es natürlich wichtig zu wissen, dass Katzen nur in sehr seltenen Ausnahmefällen nicht von der Katzenmutter erzogen werden.

Warum ich einer dieser Ausnahmen bin? Athasonia sagt: „Du bist ein so glücklicher Fall von einem Überlebenskünstler, dass du weitaus mehr weitergeben kannst und sollst als nur deine Gene! Deshalb kommen auch die Buben in den Genuss, bei dir zu lernen!"

Selbstverständlich schmeichelte mir das ungemein, jedoch die damit Verantwortung machte mir schon ein wenig zu schaffen. Schließlich wollte ich meine liebe Frau nicht nur nicht enttäuschen, sondern sie natürlich auch auf mich stolz machen.

Ich erinnerte mich, dass vor langer Zeit schon meine Mutter Corsoma zu mir gesagt hatte: „Jetzt könntest du bereits deinen Schwestern deine Jagdtricks beibringen!" Aber noch ging es gar nicht ums Jagen. Noch ging es lediglich darum, die beiden Schlawiner im Zaum halten und zu verhindern, dass ihnen in ihrem Übermut etwas zustieß!

Also sie vor allen möglichen Gefahren zu warnen und ihnen zu zeigen, wie man sich am besten vor Unvorhersehbarem schützt, in dem man seine Umgebung immer im Auge behält. Und vor allem: Jederzeit fluchtbereit!

Überraschenderweise brachten die beiden außer ihrer unbeherrschten Neugier und der offenbar vererbten Abenteuerlust genug Bauernschläue mit, um ihrem Bummelwitz mit unglaublich exzellenter Körperbeherrschung auszugleichen.

Bis Girasso verschwand!

Das heißt, natürlich verschwand er nicht einfach. Er war mit Sogiras in einen heißen Wettkampf verwickelt, wobei sie beide in wilder Jagd durch das kleine Wäldchen neben dem Bach hasteten. Ich hatte sie gemütlich von einem nicht zu weit entfernten Ruheplatz aus beobachtet.

Sie hatten dieses Gebiet schon des Öfteren zu ihrem ganz persönlichen Spielplatz erkoren. Also gab es für mich keinen Grund, hinter ihnen her zu rennen. Was ich im Übrigen wahrscheinlich auch gar nicht gekonnt hätte. Denn die Geschwindigkeit meiner beiden Söhne war, dank ihrer Jugend, enorm. Falls ich sie hätte ein- oder gar überholen wollen, hätte ich wohl alt ausgesehen.

So dauerte es auch eine ganze Weile bis ich meinen älteren Sohn vermisste. Zuerst dachte ich mir auch gar nichts dabei, denn immer wieder unterhielten die beiden sich gegenseitig mit dem einen oder auch anderen Schabernack.

Auch als von dieser zuvor beschriebenen Jagd jedoch nur Sogiras wieder in Sicht kam, war ich noch nicht beunruhigt. „Wo hast du denn deinen Bruder gelassen?" fragte ich ihn deshalb mehr spaßeshalber als ernst.

„Was weiß ich?! Gerade war er noch hinter mir." Sogiras zuckte nur die Schultern. Was wahrscheinlich hieß, dass er zum Schluss schon gar nicht mehr auf seinen Bruder geachtet hatte, sondern sich nur noch dem unbändigen Rausch der Geschwindigkeit hingab.

Jetzt war mir denn doch ein wenig mulmig zu Mute. Also nahm ich den Jüngeren ins Gebet: „Was habt ihr denn nun wieder ausgeheckt? Denkt ihr, ihr könnt mich richtig ums Ohr hauen?" setzte ich ihm zu.

„Was ist los?" fragte er stattdessen „Wo ist eigentlich mein Bruder? Ich hab' ihn schon eine ganze Weile nicht mehr gesehen!" setzte er noch hinzu.

„Was? Du auch nicht? Seit wann denn? Und wo wart ihr als du ihn zum letzten Mal gesehen hast?" Jetzt war ich ernsthaft beunruhigt. Eigentlich konnte er ja gar nicht so weit weg sein!

„Also wir haben auf der drüberen Seite des Baches gespielt, als er ganz plötzlich weg war. Ich dachte er ist wieder herüber und da hab ich ihn zuerst auch gesucht" klärte mich mein Jüngster auf.

„Na, dann zeig mir wo genau das war" trug ich ihm auf. Und schon war er wie der Blitz über den Bach und jagte wie verrückt in die Richtung die zu den donnernden Wassern führte. Um Gottes Willen doch nicht dorthin! Sie wussten ganz genau, dass ihnen das strengstens verboten war, aber bei solchen Rangen weiß man ja nie ...

Nach kurzer Zeit änderte Sogiras jedoch die Richtung und nahm einen Weg der in das Wäldchen auf der anderen Seite führte. Dort blieb er dann nach einem kurzen Blick in die Runde stehen und sah sich nach mir um. „Da waren wir noch zusammen," sagte er und blickte mich fragend an.

An sich war an dieser Stelle nichts Außergewöhnliches. Wir waren schon oft hier und nichts deutete darauf hin, dass man hier besonders aufmerksam sein musste.

Eine Rettungsaktion

Ich lief also ebenfalls in Richtung auf dieses Wäldchen zu und rief Girasso beim Namen. Vielleicht fünf, sechs Mal. Er antwortete nicht. Dann war ich endlich auf seiner Spur. Ich konnte geradezu sehen, wo er gelaufen war. Aber ganz plötzlich brach diese Spur jedoch ab, so als wäre er senkrecht in die Luft gesprungen und oben gewissermaßen aufgefangen worden.

Also sah und schnüffelte ich nach oben. Zuerst konnte ich nichts Ungewöhnliches ausmachen, also lief ich einige Schritte hin und her und wieder zurück, immer mit der Nase im Wind. Und dann sah ich es: Irgendwie sah es aus wie ein fliegendes Nest, das leicht schaukelnd in der Luft schwebte.

In diesem Nest musste sich Girasso also befinden. Zwar konnte ich ihn nicht sehen, aber ich roch ihn. Warum er mir auf mein Rufen hin nicht geantwortet hatte, wusste ich nicht. Ich musste in dieses seltsame Nest hinauf und nachsehen. Aber wie? Instinktiv wusste ich, dass Eile Not tat.

Ich wusste auch nicht, wie er dort hinauf gekommen war. Irgendetwas musste ihn dorthin befördert haben. Aber was? Was konnte ihn so mir nichts dir nichts aus vollem Lauf ganz einfach einfangen? Wenn ich dachte, was ich für Probleme hatte ihn zu erwischen und ich war nicht ungeschickt.

Es musste also etwas geben, das dieses ‚Nest‘ hochgezogen hatte. Das Nest musste zudem noch immer daran hängen, ansonsten würde es wohl wieder herunter fallen. Was auch immer das Nest hochgezogen hatte musste also immer noch da sein und darüber hinaus zweifelsohne auch noch dazu geeignet sein mich zu tragen.

Ich ging also unter diesem Ding hin und her und überlegte fieberhaft. Es war eindeutig zu hoch, als dass ich es mit einem Sprung hätte erreichen können. Schließlich zog ich in einem größeren Abstand um dieses Gebilde herum. Dabei sah ich, dass es an einer Art Schnur hing. Oder besser gesagt einem Seil, denn es schien mir sehr dick zu sein.

Dieses Seil hing an dem Ast eines in der Nähe stehenden Baumes. Mir war augenblicklich klar, dass, wenn ich auf diesen Ast gelangen konnte, ich von dort aus über das Seil zu diesem sonderbaren Nest gelangen konnte. So kletterte ich auf diesen Baum, dann auf diesen Ast und von dort das Seil hinab.

Wieder und immer wieder rief ich Girassos Namen und endlich, nach geraumer Zeit, kam ein leises Wimmern aus diesem Bündel unter mir. Im ersten Moment war ich froh, ihn endlich gefunden zu haben. Dann jedoch wurde mir sofort klar, dass das Auffinden nur den geringsten Teil des Problems darstellte!

Wie kam ich nun in das Ding hinein, beziehungsweise wie bekam ich meinen Sohn von dort heraus? Das Bündel war mit einem engmaschigen Netz umhüllt, wo kein Hindurchkommen möglich schien! Versuchsweise probierte ich, dieses Netz mit meinen Krallen zu zerreißen. Der Erfolg war niederschmetternd: Ich hatte gerade einmal einen Faden zerrissen!

Vielleicht konnte ich sie durchbeißen? Ich krallte mich mit allen vier Pfoten fest in das Netz und zerrte mit den Zähnen daran. Zuerst geschah gar nichts. Nach einer Weile jedoch spürte ich, dass irgendetwas nachgab. Einer der Netzfäden musste wohl schon leicht angescheuert gewesen sein, denn ganz plötzlich gab ein ganzes großes Stück nach und ich fiel, zusammen mit dem im Netz befindlichen Laub und dem aufgerissenen Stück Netz nach unten.

Allerdings nicht zu Boden, denn dadurch, dass ich mich mit allen Vieren festgekrallt hatte, hing ich mit dem Kopf nach unten in der Luft. Die Freude über das zerrissene Netz währte nur kurz, denn es wollte mir nicht und nicht gelingen, mich wieder nach oben zu hangeln. Dann jedoch hörte ich, diesmal unter mir, wieder das leise Wimmern meines Sohnes.

Als ich nach unten blickte, sah ich ihn in einer seltsam verkrümmten Stellung unter mir liegen. Er war offensichtlich mit dem Laub aus dem Netz und zu Boden gestürzt. Sofort ließ ich los und sprang ebenfalls nach unten. Ich besah mir Girasso und stellte fest, dass er offenbar einen gebrochenen linken Hinterlauf hatte. Das musste wohl beim Hochschnellen des Netzes passiert sein.

Nach kurzer Überlegung packte ich ihn, wie ich es von Athasonia gelernt hatte, mit dem so genannten Muttergriff am Genick und trug ihn zu unserem Haus zurück. Sogiras saß bei seinen beiden Schwestern und neckte sie, weil sie sich nicht mit ihm balgen wollten.

Athasonia, die stets aufmerksam alles im Blick hatte, entging natürlich nicht, dass ich ihren Sohn trug – tragen musste! – und kam sofort herbei um sich nach der Ursache zu erkundigen. Ich erzählte ihr von dem Missgeschick mit der unbekannten Falle – etwas, das ich erst viel später erfahren sollte: Die Falle galt nämlich einem streunenden Fuchs! – und wie es mir gelungen war, ihn aus seiner misslichen Lage zu befreien.

Sie überlegte kurz, dann sagte sie: „Das Beste wird sein, wir bringen ihn zu unseren Liesl und Wolfi, die wissen sicher, was wir tun sollen!"

Athasonia nahm ihn wieder auf und trug ihn in die Küche. Dort legte sie Girasso neben unserem alten Schlafpolster auf die Ofenbank und redete sanft auf ihn ein. Erklärte ihm, dass er keine Angst zu haben brauchte und dass ihm Liesl, beziehungsweise Wolfi, sicherlich helfen würden.

Liesl, die gerade mit Kochen beschäftigt war, bemerkte dennoch die besorgte Haltung Athasonias und kam herbei um zu sehen, was passiert war. Sie streichelte Girasso so sanft wie seine Mutter und sprach ebenfalls begütigend zu ihm. „Na mein kleiner Moritz," – die Leute nannten ihn Moritz, weil sie selbstverständlich unsere wirklichen Namen nicht kannten – „wie haben wir denn das angestellt?"

Ich hätte es ihr schon erklären können, aber leider war sie, genau wie alle übrigen Personen ihrer Gesellschaft, nicht in der Lage, unsere Sprache zu verstehen! Wir waren beide nicht imstande, die Sprache des Anderen zu sprechen. So musste sie sich mit Mutmaßungen zufrieden geben. Später, als

Wolfi ins Haus kam, berichtete ihr dieser von der kaputtgegangenen Fuchsfalle. Daraufhin schlossen beide, dass das wohl die Ursache für Moritz' Unfall gewesen war.

Der Mann meinte, dass es wohl das klügste sei, Moritz zum Tierarzt zu bringen, was er dann auch sofort tat. Ich habe zwar keine Ahnung, was in der Arztpraxis geschah, aber Girasso kam mit einem geschienten Hinterlauf wieder nach Hause.

Girasso kam also ganz offensichtlich nach mir: Noch keine zwei Monate alt und schon das erste Leben verspielt! Da konnten wir uns ja noch auf einiges gefasst machen!

Für unseren Sohn war die Angelegenheit damit aber keinesfalls erledigt. Der Tierarzt hatte geraten ihn zu schonen. Das hieß, dass er nicht ins Freie durfte um die geschiente und verbundene Wunde nicht der Gefahr einer Infektion durch Schmutz auszusetzen. Zudem sollte verhindert werden, dass er springen konnte.

Zwar war das alles relativ leicht zu erreichen, da Liesl und Wolfi eine gute Möglichkeit dafür gefunden hatten, aber für Girasso war es eine höchst dramatische Einschränkung seines ungeheuren Bewegungsdranges. Schon bevor er an all dem gehindert wurde beklagte er sich bei uns, also bei mir und bei Athanasia ausführlich über sein Schicksal.

Und wiewohl ich ihm nicht nur gut zuredete, sondern ihm vor allem auch erklärte, dass dies alles eben auch zu seiner Erziehung gehörte, wollte er natürlich nichts davon wissen. Unwillkürlich musste ich an meine eigenen kindlichen Erfahrungen denken, daher erzählte ich ihm ausführlich, welche ungewollten Einschränkungen auch ich schon in Kauf nehmen musste, um wieder auf die Beine zu kommen. Auch wenn ich mir, – unverdienterweise! – Gott sei Dank, nie etwas gebrochen hatte, so war ich mitunter wochenlang zur Untätigkeit gezwungen, wie etwa nach der schweren Verkühlung.

Aber zurück zu Girassos Einschränkungen. Das Haus in welchem wir wohnten war relativ geräumig, da Liesls und Wolfis Kinder schon lange außer Haus waren und daher etliche

Räume, zwar nicht unbenutzt, aber nur für Allfälliges herangezogen wurden. Einer dieser Räume wurde nun komplett ausgeräumt, mit Decken, Polstern und anderen weichen Kissen und Laken ausgestattet. Dazu kamen noch kleine Schüsseln für Girassos Essen sowie, nicht zu vergessen, ein Kistchen mit Streu für seine Geschäftchen.

Natürlich wurde das alles von Athanasia beobachtet, überprüft und für gut und ausreichend befunden. Sobald das Ganze in diesen Zustand versetzt worden war, durfte er – endlich! – aus dem Transportkorb und in sein neues Refugium übersiedeln. Und musste außerdem noch alleine bleiben, denn wir konnten und durften ihn zwar sehen – die Türe war teilweise aus Glas, was uns diesen Kontakt ermöglichte – aber sonst konnten wir nichts für ihn tun.

Das würde ihm also eine Lehre sein und ihm im Umgang mit seiner Umgebung die Sinne schärfen. Man sollte, oder besser musste, eben alles was einem widerfuhr als Teil seiner Lehrzeit betrachten, beziehungsweise selbstverständlich auch in der Zukunft befolgen!

Fremde Gesellen

Sogiras wollte, oder konnte, nicht verstehen, warum Girasso nicht mit ihm hinaus kam. Aber Girasso durfte das Haus wenigstens für einige Zeit nicht verlassen; sagten unsere Leute. Er durfte derzeit auch nicht springen, wenigstens solange er den Fuß geschient hatte. Liesl und Wolfi sagten, dass der Arzt bestimmen würde, wann die Schiene wieder entfernt werden konnte.

Für Girasso war das natürlich höchst lästig, aber er war darüber gar nicht sooo unglücklich, weil er von Liesl nach Strich und Faden derart verwöhnt wurde, dass er geradezu Gefahr lief, dick zu werden. Gut, das würde sich schon wieder geben, wenn er erst wieder draußen herumtollen konnte.

Andererseits wurde er von seinen Schwestern pausenlos geneckt. „Das hast du nun davon, dass du immer so wild bist!" sagte Rasione und Imolosa ergänzte: „Du hättest es wohl lieber, wenn wir   ..." „Schluss jetzt!" fuhr Athasonia dazwischen, „das hat überhaupt nichts mit seiner Wildheit zu tun. Das hätte euch genauso passieren können! Schließlich sollte doch niemand die Falle erkennen, sonst wäre sie ja nutzlos!"

Rasione und Imolosa maulten zwar, sie gaben jedoch keine weiteren Kommentare dazu ab. Aber die Blicke, die sie Girasso zuwarfen, sprachen Bände. Lange hielt das aber nicht vor, es war ihnen doch zu langweilig.

Langweilig wäre auch mir gewesen, hätte ich mich nicht schlau gemacht, was es mit dieser Fuchsfalle auf sich hatte. Eine derartige Gefahr kannte ich noch nicht und wie sollte ich unsere Kinder beschützen, oder zumindest warnen, wenn ich selbst nicht in der Lage war, eine solche Gefahrenquelle zu erkennen!?

Ich lief also wieder an den Ort des Geschehens, um herauszufinden was in der Zwischenzeit geschehen war. Wenn ich Wolfi richtig verstanden hatte, wollte er die Falle sofort wieder reparieren. So ging ich vorsichtig in die Nähe dieser Unglücksstelle und besah mir sehr eingehend die Umgebung. Es war nichts Außergewöhnliches zu erkennen, aber das war ja schlussendlich auch der Sinn einer Falle.

Nachdem ich aber wusste, dass sie vorhanden war, musste es doch irgendetwas geben, das sie mir verriet. Ich schlug einen möglichst großen Bogen um die Stelle und konzentrierte mich vor allem auf die umgebenden Bäume. Alle, die stärkere Äste über die kleine Lichtung streckten, waren von Interesse.

Nach einiger Zeit entdeckte ich dann doch noch den zu Boden gebogenen Ast, der gegebenenfalls mit dem ahnungslosen Kandidaten in die Höhe schnellen würde. Dort, wo dieser Ast den Boden berührte, oder den Boden wenigstens beinahe berührte, dort war der gefährliche Bereich, den es zu meiden galt. So wie ich den Aufbau der Falle verstand würde sie in dem Moment zuschlagen, wenn man den Boden beim herabreichenden Ast möglichst nahe berührte.

Aber wie sollte ich meinen Kindern das erklären? In einem Wald gab es jede Menge Äste die fast oder ganz auf den Boden reichten. Welche davon waren nun gefährlich und welche nicht? Es gab sicherlich noch den einen oder anderen Hinweis, aber diese waren zweifellos noch weitaus schwerer zu erkennen!

Die eigentliche Frage war jedoch: Gab es viele solcher Fallen? Oder gab es nur dann welche, wenn eine gewisse Bedrohung vorhanden war? Falls es viele von diesen Fallen gab, dann gab es kein sicheres Entkommen, dann konnte man nur auf sein Glück vertrauen. Wenn es allerdings, wenigstens in der näheren Umgebung, nur diese eine gab, dann würde sie überflüssig werden, wenn sie ihren Zweck erfüllt hatte!

Wenn es mir also gelang, den Fuchs zu entdecken und ihn in diese Falle zu locken, dann hatte ich gewonnen. Dann brauchte ich mir um weitere Fallen keine Sorgen mehr zu machen. Also ging ich auf Fuchsjagd.

Selbstverständlich wusste ich, dass der Fuchs für mich eine tödliche Gefahr darstellte. Aber was tut man nicht alles aus Liebe zu seiner Familie! Wenn der Fuchs für unsere Leute eine Gefahr darstellte, dann musste er schon einmal bei unserem Hof gewesen sein. Das heißt, es war sinnvoll mit der Suche dort zu beginnen.

Die erste Spur fand sich selbstverständlich bei den Hühnern. Der Fuchs war also schon einmal hier gewesen. No na, wäre sonst eine Falle aufgebaut worden? Nein. Aber warum war sie so weit weg aufgebaut worden? Sie war in der Nähe des Baches. War er etwa von der drüberen Bachseite gekommen und sollte er daher hier schon abgefangen werden? Vermutlich.

Wenn ich es mir recht überlegte, so muss es auch dort gewisse Spuren des Fuchses geben, ansonsten hätte Wolfi kaum erkannt, dass der Fuchs aus dieser Richtung kam. Und zwar offenbar schon öfter.

Ich lief also zurück zum Bach, durchquerte ihn und suchte dort auf der anderen Seite seine Spur. Und tatsächlich fand sie sich auch wirklich dort auf der Höhe der Falle. Der Mann – Wolfi – hatte also die Fuchsspur ebenfalls gefunden. Das hätte ich ihm gar nicht zugetraut! Die Leute waren offenbar doch gewitzter als Meinereins dachte! Im Nachhin war mir klar, dass die gefundene Spur nicht an dem Geruch identifiziert worden war, sondern an durchaus üblichen Hinterlassenschaften!

Ich verfolgte die Spur von dort aus also quer durch das Wäldchen auf der anderen Seite des Baches. Solange, bis sie schließlich frischer wurde. Offensichtlich gab es hier nicht nur ausschließlich die Spur, die zu unseren Hühnern führte, sondern auch in andere Richtungen. Das hieß allerdings, dass ich mich schon sehr nahe am Fuchsbau befinden musste.

Jetzt hieß es jedoch: Höchste Wachsamkeit! Ich musste den Fuchs wittern, bevor er mich wittern konnte. Es war fast vollkommen windstill, was die Sache einerseits leichter, andererseits aber auch schwieriger machte. Leichter, weil ich das bessere Gehör, schwieriger, weil er die bessere Nase hatte.

Ich war nun doch schon ein ganz schönes Stück vom Bach entfernt, als ich das erkannt hatte und wusste: Der Fuchs ist ganz in der Nähe! Soweit, so gut. Wie sollte ich nun eigentlich vorgehen? Dazu hatte ich mir noch nichts überlegt. Ein paar unausgegorene Gedanken über den Rückweg zur Falle, aber nichts Genaueres.

Aber der bestausgeklügelte Plan war nur so gut, wie die Realität es zuließ! Improvisieren war also sowieso die bessere Option. Ich machte mich also bemerkbar, drehte um und rannte. Nur kurz sah ich mich um, ob er mich auch wirklich verfolgte. Der Fuchs ließ sich diese Chance aber nicht entgehen und hetzte sofort hinter mir her.

Mit wild jagendem Herzen hetzte ich zurück. Ich lief im wahrsten Sinne des Wortes um mein Leben, denn wenn er meiner habhaft werden wurde, wäre es das gewesen, ich hatte bei einem Kampf praktisch so gut wie keine Chance gegen ihn. Außer eventuell den einen oder anderen Glückstreffer, also eigentlich besser gesagt: Glücksbiss!

Mein Vorsprung schrumpfte nur so dahin. Endlich war ich bei der Falle. Ich überquerte den Gefahrenplatz mit einigen wohlgesetzten Sprüngen ohne das unter dem Laub versteckte Netz zu berühren.

Das hatte ich schon vorher geübt und darin hatte ich Übung. Mehr Übung jedenfalls als der Fuchs, der dort alles, was er an Abstand bisher gewonnen hatte, wieder verlor, als ich mit letzter Puste an der Falle außen vorbei lief und mich sodann genau gegenüber aufstellte.

Dies war nun aber der absolut kritischte Moment: Entweder er tappte in die Falle und diese schnappte auch wie geplant zu, oder er übersprang sie durch einen glücklichen Zufall und ich musste nochmals all mein läuferisches Können in die Waagschale werfen und hoffen, dass ich den Hof vor ihm erreichte.

Als er mich stehen sah, blieb er ebenfalls stehen. Entweder ahnte er etwas oder er nahm sich Zeit für den von ihm geplanten Showdown. Mir war das insofern recht, als es mir die Möglichkeit verschaffte, wenigstens ein wenig zu Atem zu kommen.

Dann sprang er. Einen kurzen Moment vermeinte ich, dass er über die Falle hinweg kommen würde. Aber er setzte nochmals zur Verlängerung der Sprungdistanz seine Hinterbeine auf den Boden um abzustoßen und ich hatte das erhoffte, aber erwartete Vergnügen die Falle zuschnappen zu sehen!

Als das gesamte Bündel, inklusive Fuchs, in der Luft baumelte, konnte ich mich endlich ausruhen und befriedigt durchatmen. Ich besah mir das Bündel eine Zeit lang, da der Fuchs sich offensichtlich nichts gebrochen hatte, zappelte er wie wild in dem Bündel herum ohne damit jedoch irgendetwas zu bewirken.

Nachdem ich wieder bei normalem Atem war, drehte ich mich ganz gemächlich um und ging gemütlich zum Hof zurück.

Nichts als Undank

Athasonia erwartete mich bereits mit einer besorgten Miene. „Wo bist du so lange gewesen?" Eigentlich war es sonst gar nicht ihre Art hinter mir her zu forschen.

Ich überlegte: War ich über Gebühr lange fort gewesen? Ich glaube nicht. Es war doch nicht das erste Mal, dass ich erst Nächtens heim kam! Ja, natürlich wusste sie – meistens – was ich vorhatte. Das hatte ich ihr heute selbstverständlich wohlweislich verschwiegen!

Also Flucht nach vorne, Angriff ist immer noch die beste Verteidigung. „Ich hab' den Fuchs gefangen!" Sie sollte gleich sehen, was ich für sie tat. Eigentlich war ich richtig stolz auf mich, wie ich es angestellt hatte!

Athasonia wurde zuerst blass, dann wild. „Bist du wahnsinnig? Glaubst du, es wäre uns egal, wenn du, so mir nichts dir nichts, grundlos deine Leben verschleuderst? Was denkst du denn, hätte ich dann tun sollen? Mit den vier kleinen Rackern? Ich wusste ja, dass du über jedes vernünftige Maß hinaus leichtsinnig bist, aber es richtig herauszufordern? Das hätte ich doch nicht von dir erwartet! Ein klein wenig mehr Verantwortungsgefühl wäre da wohl wirklich angebracht!"

Ich konnte mich nicht erinnern, jemals eine so lange Rede von meiner Partnerin gehört zu haben. „Aber es war doch für euch! Ich musste die Falle überflüssig machen, oder genügt es dir nicht, dass schon einer von unseren Kindern mit einem gebrochenen Fuß zurückgekommen ist?"

„Papperlapapp! An einem gebrochenen Fuß stirbt man nicht gleich. An einem Genickbiss hingegen schon!" Athasonia war dermaßen aufgebracht, dass sie sich gar nicht beruhigen konnte.

„Aber es ist ja doch gar nichts passiert!" versuchte ich einzulenken.

„Es war dein viertes Leben, und das weißt du sehr

genau!" Sie hatte noch lange nicht ihr ganzes Pulver verschossen.

„Okay. Vielleicht war es etwas unüberlegt, das tut mir leid ..."

„Davon hätte ich nichts, wenn du heute nicht zurückgekommen wärst!"

„Aber ich bin doch da! Gesund und munter!"

„Egal. Ich will nicht, dass du dir noch mal etwas so hirnverbranntes in den Kopf setzt! Und jetzt Schluss mit all dem. – Aber ein klein wenig stolz bin ich trotzdem! Auch wenn ich dir den Kopf dafür abreißen könnte!" Sie war also doch noch bereit, mir wenigstens eine kleine Anerkennung zu gönnen. Quasi als Versöhnung.

Dann dachte ich: Was hätte sie getan, wenn ich ihr gesagt hätte, was ich vorhatte!? Natürlich hätte sie versucht es mir auszureden. Andererseits hatte ich doch etliche Gründe dafür vorgebracht, die Falle zu entschärfen. Wäre sie eventuell bereit gewesen die Aktion gemeinsam durchzuführen? Es war nutzlos sich jetzt, hinterher, darüber Gedanken zu machen. Oder doch? Was, wenn wir wieder einmal mit einer derartigen Situation konfrontiert werden würden? Wäre es vielleicht tatsächlich besser die Angelegenheit vorher zu besprechen und auszudiskutieren? Wenn ich es jetzt so richtig bedenke: Wohl schon!

Ich benötigte dessen ungeachtet beinahe drei Tage, um mich von diesen Leviten zu erholen. Ich war nicht etwa beleidigt, oh nein! Ich war eher enttäuscht. Sicher, diese ganze Aktion war vielleicht etwas unüberlegt gestartet worden, aber zählt nicht letzten Endes das Ergebnis? Der Erfolg? Wenigstens das hätte meine schöne Athasonia beeindrucken müssen!

Na ja, ein wenig beeindruckt war sie ja schlussendlich doch gewesen. Was mich viel mehr erschreckte – Ja doch, erschreckte! – war, dass ich mit dieser ‚Ruhmestat' offenbar bereits mein viertes Leben eingebüßt hatte! Aber war das auch richtig? Schließlich hatte ich mich doch in keinem auch noch so kleinen Augenblick wirklich in Lebensgefahr befunden! Oder doch?

Selbstverständlich gab es da diesen kurzen Moment, in welchem ich dem Fuchs gegenüberstand und inständig hoffte, er möge in die gestellte Falle tappen! Was er dann ja auch tat. Allerdings, und das musste ich leider zugeben, nur, weil er einen Zwischenschritt einlegte!

Aber selbst wenn er das nicht getan hätte, hätte ich blitzschnell die Flucht in Richtung Haus angetreten. Mit guter Aussicht auf Erfolg. Bei den Vorbereitungen zu diesem Abenteuer hatte ich selbstverständlich auch die diversen Flucht-Möglichkeiten sondiert. Eine davon war die Flucht über den Bach. Dank meiner vielen Fischfänge konnte ich den Bach so rasch überqueren, dass ich einen ordentlichen Vorsprung vor dem Fuchs herausgeschlagen hätte, der dann sicher bis zum Haus gereicht hätte. Meines Erachtens hatte ich zwar gepokert, aber nicht allzu hoch! Also doch kein weiteres meiner sieben Leben geopfert!

Bei näherer Betrachtung stellte sich jedoch heraus, dass meine von mir so großartig befundene Absicherung meiner Flucht-Möglichkeiten im Grunde genommen nur eine Lüge in den eigenen Sack gewesen war. Schon als ich mich beim Fuchsbau bemerkbar gemacht hatte, hatte ich völlig übersehen, dass er womöglich gar nicht in seiner Höhle war, sondern nur knapp daneben und absolut sprungbereit! So wie wir es bei den Vögeln taten. Also alles in allem gar keine so geritzte Sache!

Als Wolfi die Nachricht vom gefangenen Fuchs nach Hause brachte, schwellte doch noch einmal meine Brust, auch wenn niemand von den beiden etwas von meiner Großtat wusste. Ich erzählte es ihnen zwar, sie verstanden es jedoch nicht. Aber selbst wenn sie es verstanden hätten: Vermutlich hätten sie jedoch ganz genau wie Athasonia reagiert und mich einen leichtsinnigen und über die Maßen verantwortungslosen Burschen genannt.

Ich denke, es ist an der Zeit, etwas über unsere Sprache

zu sagen. Man mag ja uns Katzen keine eigene Sprache zutrauen, aber das liegt nur an dem weitgehend unterentwickelten Aufnahmevermögen der Leute. Früher war das anders gewesen, da hatten die Leute mit uns – also nicht nur mit Katzen, auch mit Hunden, Pferden, Rindern, Schweinen und vielen anderen – durchaus kommunizieren können! Ja, kommunizieren ist da schon das richtige Wort! Denn unsere Sprache besteht nicht nur aus unzureichenden und sehr oft missverständlichen Worten, sondern ist eine bunte Mischung aus Lauten, Gesten, Emotionen und – bitte nicht belächeln! – Gedanken.

Zwar können die Leute durchaus auch Gesten und Emotionen ‚lesen', aber die Gedankenwelt bleibt ihnen großteils verborgen. Schon Emotionen werden sehr oft falsch interpretiert! Unsere empathischen Fähigkeiten sind hingegen legendär und werden auch von sehr vielen Leuten genutzt. Sehr oft auch unbewusst, aber nichtsdestotrotz erfolgreich.

Natürlich werden in dieser Geschichte unsere Gespräche, auch unsere Namen, in aussprechbarer Form wiedergegeben. Auch wenn sie in Wahrheit nicht in ‚gesprochener' Weise stattfanden.

So weit, so gut. Zurück zu mir und meinen Befindlichkeiten. Athasonia war jedenfalls der Meinung, dass ich lebend zu mehr nütze war, als tot. Das nahm ich mir vorerst einmal zu Herzen und versuchte mein Bestes, meinen Aufgaben nachzukommen.

Bis zu dem Zeitpunkt, an welchem Girasso wieder ins Freie durfte, war ich vollauf damit beschäftigt, Sogiras im Zaum zu halten, der meinte, jetzt wo sein Bruder ihn nicht störte, konnte er sich alles erlauben, was Gott oder auch seine Eltern verboten hatten. Dieser kleine Teufel wusste nämlich sehr gut, was ich konnte und was nicht.

Apropos Verbote: Derartiges war nicht nur uns Eltern vorbehalten. Auch für Liesl und Wolfi gab es genügend Situationen, in denen sie Verbote oder zumindest Vorsichtigkeit aussprachen und gegebenenfalls auch nachdrücklich verlangten. Beispielsweise wenn einer von uns dachte er müsse unbedingt auf den Küchentisch um zu sehen, ob es nicht doch etwas interessantes für uns gab, oder wenn wir unbedingt wohin oder hinein wollten, wo es für uns genaugenommen gefährlich war, oder zumindest werden hätte können.

Zugegeben, vieles davon war für uns nicht unbedingt einsichtig, aber wer kann schon alle Gefahren im Vorhinein abschätzen? Ja, ja, ich höre euch schon leise kichern. Weil gerade ich das sage, aber im Grunde meines Wesens war ich ein durchwegs vorsichtiger und aufmerksamer Zeitgenosse.

Zurück zu Sogiras. Beispielsweise konnte ich nicht, so wie er, auf die höchsten und dünnsten Äste eines Baumes klettern und dann wie ein Affe von Ast zu Ast springen. Irgendeine ihm wohlgesonnene Katzengottheit musste ihre schützende Hand über ihn und seine Spompernadeln gelegt haben, denn er überstand sämtliche dieser Turnübungen unbeschadet.

Ich konnte, obwohl ich dachte, dass ich dafür mehr Übung hätte, nicht auf unglaublich schmalen Stäben oder Gittern gehen, beziehungsweise ganz sicher nach einem Sprung auch darauf landen. Sogiras nutzte diese seine unbestreitbaren Fähigkeit schamlos aus um mich gegebenenfalls abzuhängen und danach dumm aus der Wäsche zu gucken, wenn es ihm letztendlich auch gelungen war.

Unerwarteter Besuch

Girasso war längst wieder genesen, als wir von einer der Nachbars-Katzen erfuhren, dass sich ein fremder Kater in der Gegend herumtrieb, der allerlei Ärger bereitete. Der Ärger bestand vorwiegend darin, dass er einerseits Futter stahl und andererseits diverse Schäden anrichtete.

Das mit dem Futter war ja noch erträglich, denn wir hatten, weiß Gott, alle genug zu futtern. Unabhängig davon, ob wir von unseren Personen zusätzlich etwas vorgesetzt bekamen oder nicht. Aber das mit den Schäden hatte eine gänzlich andere Dimension.

Nun war es ja durchaus nicht so, dass Unsereins niemals etwas kaputt gemacht hätte. Aber erstens waren dazu einige Zufälle von Nöten, wie zum Beispiel zu nahe am Rand abgestellte Gegenstände, und zweitens taten wir kaum jemals etwas Derartiges mit Absicht. Vielleicht abgesehen davon, dass eines der Katzenkinder irgendein Ding, vor allem wenn es leicht rollen konnte, als Spielzeug ansah, das aber durchwegs keines war und welches dann eventuell zu Bruch ging.

Nein, um solche Dinge ging es nicht, es ging vielmehr um ganz offensichtlich bewusste und mit Absicht begangene Schäden. Sogar bis hin zu in purer Mordlust getöteten Hühnern oder anderen Haustieren. Dass all dies das Werk eines Katers war, war deshalb klar, weil er dabei beobachtet worden war.

Allen, die davon wussten, war klar, dass es sich keinesfalls um eine simple Hauskatze handeln konnte, sondern dass es eine wilde Katze, sowohl im eigentlichen wie auch im übertragenen Sinn, sein musste!

Athasonia wurde bei dieser Nachricht sofort hellwach und misstrauisch. Dass ich mich ja nicht unterstand, wieder einmal auf eigene Faust etwas zu unternehmen! Was sollte ich schon unternehmen? Ich wusste ja nicht einmal, um welche Art ‚Kater' es sich handelte!

Am nächsten Tag erfuhren wir, dass diese fremde, wilde Katze schon seit einigen Tagen von diversen Tierärzten gejagt wurde, da sie offenbar mit Tollwut infiziert war. Ich, und natürlich auch Athasonia, hatte nicht die geringste Ahnung, was das bedeutete. Warum tötete er wahllos Tiere und warum zerstörte er alles Mögliche, das ihm in den Weg kam?

Aus diversen Gesprächsfetzen, nicht nur unserer, sondern auch fremder Leute, die zu uns kamen, erfuhren wir nach und nach, dass es sich um eine offensichtlich sehr ernste und vor allem ansteckende Krankheit handelte. Im Klartext hieß das: Keinesfalls an diesen Kerl auch nur entfernt herankommen!

Aber: Und das ließ mir selbstverständlich keine Ruhe! Es hieß auch: Ich musste unsere Familie aus der Schusslinie bringen! Noch hatte ich keine Ahnung, wie ich das bewerkstelligen sollte, aber ... Wir werden sehen.

Athasonia schwante etwas. Sie beobachtete mich mit Argusaugen. Sie ließ mich praktisch nichts unternehmen, was in ihren Augen verdächtig war. Nun, es gab für mich ohnehin nichts, das ich vernünftigerweise tun konnte. Ohne vorerst zu wissen, wo es hinführen würde, überlegte ich mir, wohin ich unsere Familie bringen könnte.

Wenn es weit genug war, nämlich so weit, dass diese kranke Katze in keinem Fall dorthin kommen würde, wäre das schon eine Lösung. Aber war es überhaupt möglich, sechs Katzen, vier davon kaum dem Kindesalter entwachsen, ganz einfach umzusiedeln? Konnten, oder durften wir denn überhaupt unsere Heimat ‚nur so' verlassen? Was würden Liesl und Wolfi dazu sagen?

Letztlich verwarf ich diesen Gedanken als nicht wirklich zielführend. Der bessere Weg war mutmaßlich in einem Schutzverhalten zu sehen, dass im Falle des Falles, nämlich bei Annäherung dieses Katers, alle Mitglieder in Windeseile ins Haus unserer Leute gebracht werden würden.

Das Wichtigste dabei war, unsere Kinder dafür zu sensibilisieren, dass sie, quasi auf Zuruf, schleunigst ins Haus rannten. Selbst dann, wenn sie den Sinn nicht unmittelbar erkennen konnten. Und vor allem auch dann, wenn sich das Ganze als falscher Alarm herausstellte!

Diese Aufgabe stellte ich mir also und sprach sie auch mit Athasonia ab. Der Vorschlag fand sogar nicht nur ihre Zustimmung, sie wollte sich auch direkt daran beteiligen, was mir die Hoffnung gab, dass es tatsächlich funktionieren könnte. Wir begannen augenblicklich mit der Schulung. Sowohl die Mädchen als auch die Buben waren zuerst begeistert und, wie nicht anders zu erwarten, nach kürzester Zeit gelangweilt.

Unsere Schulung bestand vor allem darin, dass wir uns eine Reihe von Losungsworten ausdachten, bei deren Ausruf alle unverzüglich in Richtung Wohnhaus los zu rennen und sich von nichts und niemandem davon abhalten zu lassen. Wie gesagt, der Beginn war vielversprechend und funktionierte eigentlich auf Anhieb. Leider nicht sehr lange. Nicht dass sie grundsätzlich dagegen waren, sie wussten ja warum das alles inszeniert wurde und welchen eigentlichen Sinn es hatte. Aber sie begannen recht bald zu murren.

Wir konnten jedoch nicht nachlassen, hatten wir doch keine Ahnung, wie viel Zeit uns blieb. Theoretisch, und wohl auch praktisch, konnte dieser Kater jeden Augenblick bei uns auftauchen. Was die zusätzliche Frage nach der Erkennung aufwarf. Wir konnten doch schließlich nicht bei jedem und jeder Unbekannten augenblicklich die Flucht ergreifen! Denn selbst wenn wir es als Übung für uns Erwachsene, beziehungsweise als Spiel für unsere Kinder betrachteten, so bestand doch die Gefahr der Nachlässigkeit und damit letztendlich der verlorenen Sinnhaftigkeit.

So beschloss ich, herauszufinden woran unser möglicher Feind erkannt werden konnte. Ich musste mit einem von denen reden, die ihn gesehen hatten. Nur sie konnten mir ein verlässliches Bild dieses Katers vermitteln. Wie nicht anders zu erwarten, war Athasonia strikt dagegen. Andererseits war ihr durchaus klar, dass wir diese Information dringend benötigten.

Schließlich einigten wir uns darauf, so etwas wie einen Kurier dafür zu engagieren. Nur, das war leichter gesagt als getan. Außerdem bestand die nicht zu verachtende Gefahr, dass dieser Kurier selbst von der Krankheit erfasst wurde. Also doch kein Kurier. Heißt: Zurück an den Anfang!

Ich frage mich, wozu wir uns über all das Sorgen gemacht hatten. Die Wirklichkeit überholte uns links außen. Eines schönen Nachmittags, wir waren alle zusammen am Bach, sahen wir einen fremden Kater um unseren Hof schleichen. Sofort hatten wir den Verdacht: Das könnte ‚er' sein.

Der Weg ins Haus war uns damit praktisch versperrt! Was tun? Es gab nur eine Möglichkeit: Ablenkung! Nach einem kurzen Disput mit Athasonia lief ich den Bach eine kurze Strecke in Richtung Stürzende Wasser und dann hinaus auf das Feld. Dort begann ich dann laut zu heulen, um mich bemerkbar zu machen.

Zuerst reagierte der fremde Kater nicht darauf, aber nachdem ich den Lärm einige Zeit fortsetzte, wollte er offenbar doch dieser Ursache auf den Grund gehen. Er trabte vorerst gemächlich in meine Richtung, hielt einige Male an und wechselte dann urplötzlich in einen wilden Sprint. Zwar hatte ich genau dies herausgefordert, aber dennoch war ich einen Augenblick wie erstarrt, bevor ich meinerseits die Flucht ergriff.

Ich hatte selbstverständlich keine Zeit, mich nach Athasonia und unseren Kindern umzusehen. Jedoch hoffte ich, dass sie genau in diesem Moment in Richtung auf unser Haus losrannten. Aber in meiner Aufregung hatte ich ganz vergessen eines der vereinbarten Losungswörter zu rufen, welches dann hoffentlich sofort ihre Flucht ausgelöst hätte. Diese Sorge war jedoch gänzlich unbegründet, da Athasonia mich die ganze Zeit über beobachtet hatte und natürlich sofort den richtigen Moment erkannte und mitsamt den vier Kindern losgestürmt war.

Ich hatte geplant, dass ich den Kater zum Bach locken und ihn dort, ähnlich wie letztlich den Fuchs, abhängen würde können. Aber dieser Kater verhielt sich leider überhaupt nicht so wie ich geplant hatte.

Nach kurzer Zeit hielt er nämlich inne, sah sich um und bemerkte meine zum Haus rasende Familie. Sofort sah er dort die lohnenderen Objekte und wandte sich ihnen zu. Er hatte zwar den längeren Weg, aber er war selbstverständlich sehr viel schneller, als unsere Mädchen. Athasonia blieb es nicht erspart, sich dem anstürmenden Untier entgegenzustellen.

Ich konnte nur versuchen, ihr in irgendeiner Form beizustehen. Ich rannte, wie ich noch nie in meinem Leben gerannt war, - noch nicht einmal auf der Flucht vor dem Fuchs – um diesen Kater, falls das überhaupt möglich war, einzuholen. Glücklicherweise hatten die Kinder den Ernst der Lage erkannt und waren inzwischen in der Sicherheit des Hauses gelandet.

Athasonia fauchte wie verrückt. Das beeindruckte unseren Gegner zwar nicht wirklich, aber er verlangsamte seinen Angriff. Die ganze Zeit schrie ich wie verrückt, so wie vorher bei der versuchten Ablenkung. Das, wie auch sein verlangsamtes Vorgehen, gab mir Gelegenheit, ihn tatsächlich einzuholen. Mit der letzten Luft, die mir noch zur Verfügung stand, fauchte ich ihn von hinten an. Der Kater war nur kurz verwirrt, dann sprang er in die Höhe, drehte sich im Sprung herum, sodass er zu mir her sah, und fauchte zurück. Es klang wie Hohn: Was willst denn du jetzt hier?

In diesem Augenblick fiel ihn Athasonia von hinten an und biss ihn mit aller Kraft in den Hals. Sie warf sich sofort wieder zurück, aber der kranke Kater wischte ihr dennoch mit der rechten Vorderpfote kräftig über ihre linke Wange und fügte ihr so einen tiefen Kratzer zu. Nichtsdestoweniger tat ich es ihr gleich und noch während er nach ihr patschte, biss ich ihn mit meiner sogar noch etwas größeren Kraft in die andere Seite seines Halses.

Trotz dieser beiden Verletzungen war er noch immer in der Lage, sich vehement zu wehren und auch nach mir zu schlagen. Jedoch verfehlte er mich knapp und ich konnte meinerseits nochmals einen ordentlichen Hieb auf seine Schnauze anbringen. Jetzt endlich schien er genug zu haben und ließ sich auf keinen weiteren Kampf ein und damit von uns ab.

Er kam nicht weit. Einige Meter von uns entfernt stürzte er und blieb erschöpft liegen. Das war der Moment, in welchem wir glücklicherweise Unterstützung von Wolfi bekamen. Er warf ein grobes Netz – vermutlich das nicht mehr benötigte von der Fuchsfalle – über den verletzten Kater und verfrachtete ihn in eine vorsorglich von ihm vorbereitete Holzkiste.

Wenn wir dachten, dass die Angelegenheit damit erledigt sei, so irrten wir. Wir wurden ungeachtet unserer Proteste ebenfalls in Körbe gesteckt und zwar in zwei getrennte, mit denen wir schnurstracks zum Wagen und damit zum Tierarzt gebracht wurden, wo wir grässliche Spritzen bekamen.

Im Grunde hätten wir uns das auch denken können, denn wir wussten von der Ansteckungsgefahr und was im gegenständlichen Fall auch dagegen zu tun war.

Was mit dem kranken Kater geschah, wissen wir nicht. Wir hörten zwar, dass die besagte Kiste ebenfalls von einem Tierarzt abgeholt worden war, aber was in der Folge mit ihr geschah entzog sich unserer Kenntnis. Nur, dass wir noch einige weitere Male zum Tierarzt mussten, wo wir auch weiterhin hoch diese grässlichen Spritzen ertragen mussten. Bevor der Tierarzt und auch Liesl und Wolfi der Meinung waren, dass wir keine Spätfolgen sowie andere bleibenden Schäden von diesem Abenteuer erlitten hatten.

Sowohl Athasonia als auch ich mussten uns widerwillig eingestehen, dass dieses Abenteuer ganz gewiss ein weiteres unserer Leben gekostet hatte. Das wievielte von Athasonia kann ich leider nicht sagen, sie hielt sich diesbezüglich immer bedeckt; vielleicht wusste sie es auch nicht so genau. Bei mir war es jedenfalls sicherlich das fünfte.

Darüber wollte ich jedenfalls nicht weiter nachdenken, sondern ich versuchte mich damit zu trösten, dass ich nicht nur älter und gewitzter, sondern meiner und auch Athasonias Ansicht nach, doch schon ruhiger und bedächtiger geworden war.

Überraschende Begegnung

Das Abenteuer mit dem tollwütigen Kater war bald vergessen. Wir hatten Wichtigeres zu tun: Die Erziehung unserer Kinder war praktisch so gut wie abgeschlossen. Ihre Jagderfolge konnten sich sehen lassen und ihre Aufmerksamkeit gegenüber Gefahren war geschärft. Was wollten wir mehr?

Rasione und Imolosa waren nicht nur Schwestern, sie gebärdeten sich meistens wie eineiige Zwillinge. Keine tat irgendetwas ohne die andere. Egal ob es die Jagd, die Neckerei gegenüber ihren Brüdern oder auch den einen oder anderen Unsinn auszuhecken galt. Dabei muss gesagt werden. Dass sie selbstverständlich lange nicht so unternehmungslustig und impulsiv waren, wie die beiden Burschen.

Diese beiden, Girasso und Sogiras, wussten, dass sie vermutlich, so wie vor schon bald drei Jahren ich, ihre Wanderstiefel würden schnüren müssen. Speziell Sogiras war von den beiden gewissermaßen die treibende Kraft Er war schon richtig begierig darauf sich einen Weg zu suchen.

Mich packte ebenfalls wieder einmal die Wanderlust. Als ich damals den Fuchs aufgespürt hatte, war ich erstmals so weit in den Wald auf der anderen Seite des Baches vorgedrungen, dass ich mein eigentliches Revier bereits verlassen hatte. Das wollte ich nun einmal erforschen.

Es ist absolut unüblich, nicht nur dass Katzen gemeinsam jagen, sondern auch dass sie gemeinsam Reviererweiterungen vornahmen. Aber wie hieß es so schön? Ausnahmen bestätigen die Regel. In diesem Fall die Regel der unabhängigen Reviererweiterung. Aber Sogiras war der Meinung, dass es für seine Wanderung günstig wäre, wenn er den ersten Teil seines Weges mit mir gemeinsam durchmaß.

So machten wir uns gemeinsam auf den Weg. Sogiras

verabschiedete sich von seinem Bruder, seinen Schwestern und seiner Mutter und meinte, er würde möglicherweise gleich in ein eigenes Revier übersiedeln. Girasso, der noch unschlüssig war, ob und wann er selbst auf Wanderschaft gehen würde, begleitete uns bis zum Bach. Von dort aus sah er uns noch solange nach, bis wir außer Sicht waren.

Der Wald erwies sich als recht weitläufig und war von mehreren Bächen durchflossen. Einige ganz schmale Gerinne, aber einige sogar so breit, dass wir einen richtigen Platz zum Übersetzen suchen mussten. Schon beim zweiten derartigen Bach war mir die Sache zu mühsam und ich ließ Sogiras alleine weiterziehen.

Er war ein kluger Bursche und würde schon seinen Weg machen. Meine Lust auf Abenteuer hatte sich verflüchtigt und ich trabte nach Hause. Im Gedanken an meine eigene Wanderung, weg von Zuhause, dachte ich, dass es vielleicht interessant wäre, Corsoma, Singuina und Silesia nochmals wieder zu sehen. Daher wich ich von meinem Heimweg ab und lief Richtung alte Heimat.

Fröhlich und erwartungsvoll dachte ich an meine Mutter und an meine Schwestern. Und missachtete alle Vorsicht, welche auf diesem unbekannten Wege doch angebracht schien. Daher lief ich auch bedenkenlos gegen einen Zaun – der mich rücksichtslos piekste!

Im ersten Augenblick wusste ich nicht, wie mir geschah. Es war doch lediglich ein einfacher Draht, ohne irgendwie erkennbare Besonderheiten! Oder doch nicht? Nachdem ich aus meinen euphorischen Gedanken heraus gerissen worden war, hörte ich das leise Summen und Wispern, wie von einem weit entfernten Schwarm Bienen. Ich war gegen einen Elektrozaun gelaufen!

Dass mir so etwas passierte! Eigentlich war das etwas ganz normales und ich hatte schon viele Male solche Zäune kennen gelernt. Ich musste wirklich wieder mehr auf den Weg achten! Da war ich weiß Gott stolz auf meine Fähigkeiten, Gefahren und anderes rechtzeitig zu erkennen, und dann so was!

Dieser Zwischenfall kam jedoch gerade rechtzeitig, denn ich erkannte jetzt die Stelle, an der ich seinerzeit mit dem überheblichen Lomisol zu tun hatte. Vielleicht war er in der Zwischenzeit verstorben, er war doch schon recht betagt gewesen. Jedenfalls erschien er mir damals uralt, aber wie das bei Jungen oft so ist, da trügt der Schein mitunter schon gewaltig!

Wie auch immer, ich wollte ihm in jedem Fall aus dem Weg gehen. Das erwies sich jedoch als falsche Hoffnung. Ich sah ihn schon von weitem, wie er mir mit strengem Blick versuchte, den Weg abzuschneiden. Trotzdem versuchte ich es mit Freundlichkeit.

„Hallo, Lomisol! Wie geht's denn so? Alles im grünen Bereich?"

Lomisol war weder erstaunt noch besänftigt. „Bist du nicht derselbe Streuner, der mich schon einmal in meiner Ruhe störte?"

„Ich sagte schon damals, dass ich kein Streuner bin. Inzwischen habe ich eine ansehnliche Familie mit zwei Katzenmädchen und zwei Buben, von denen einer gerade auf Reviersuche ging!" Wer freundlich bleibt, hat Recht.

„So, so, eine Familie also. Ich hoffe, dass die nicht auch noch in meine Beschaulichkeit eindringen."

Was war das nur für ein Griesgram, der an keiner anderen Katze auch nur ein gutes Haar ließ? „Was um Himmels Willen ist dir nur über die Leber gelaufen, dass du niemanden ausstehen kannst? Kannst du wenigstens nur ein einziges Mal freundliche Nasenlöcher machen, wenn dich jemand ganz friedlich anspricht, ohne etwas von dir zu wollen?" Es musste doch möglich sein, diesem Brummbär ein normales Gespräch abzugewinnen!

„Niemand, dem ich bisher begegnet bin, war länger freundlich zu mir, als sein Schwanz lang war! Warum sollte das bei dir anders sein?" erwiderte er mit einem traurigen Unterton.

„Weil nicht alle Katzen egoistische Raufbolde sind. Wenn es dir nicht zu beschwerlich ist, dann möchte ich dich gerne einladen, einmal bei uns vorbeizukommen. Du würdest sehen, dass wir ganz normale friedliche und wohlerzogene Hauskatzen sind, von denen du nichts zu befürchten hättest!"

„Mich hat noch nie jemand eingeladen! Was sollte ich denn auch bei euch? Und was sagen deine Leute dazu, würden sie mich nicht stante pede hinauswerfen?" Der alte Grantler wirkte nun gar nicht mehr so kratzbürstig.

„Du würdest überrascht sein, wie freundlich und herzlich du dort aufgenommen wirst!" Es schien, als hätte ich ihn doch noch überzeugt, dass es auch anders als mit Gebrumm ging. „Ich bin sowieso auf dem Rückweg ..." – war gelogen, eigentlich hatte ich ja vorgehabt, Mutter zu besuchen! – „... nach Hause. Wenn es dir nicht zu unbequem ist, kannst du auch gleich mitkommen! Wie wäre das, hm?"

„Also ich weiß nicht, ist das nicht aufdringlich?"

„Wenn es aufdringlich wäre, dann hätte ich dich nicht eingeladen!" Mir schien, das Eis war gebrochen, jetzt durfte ich nur nicht nachgeben. „Komm doch jetzt ganz einfach mit mir mit!"

Er zierte sich erst noch einige Male, aber schließlich fand er die Idee von unbekannten aber freundlichen Genossen eingeladen zu werden doch auch sehr verlockend. Und so machten wir uns auf den Rückweg zu meiner Familie.

Obwohl ich eigentlich noch recht nahe bei meiner neuen Heimat war, war ich doch überrascht wie weit der Weg dennoch war. Denn natürlich war Lomisol in Wahrheit doch schon etwas betagter. Nicht dass er gebrechlich gewesen wäre, aber mit einem schnellen Vorwärtskommen war nicht zu rechnen.

So trabten wir dahin, machten immer wieder eine Pause, suchten uns Mäuse oder was sich sonst so an fressbarem anbot und unterhielten uns über dies und jenes. Seltsamerweise jedoch hielt er sich mit seiner eigenen wohl sehr traurigen Geschichte zurück und ich bekam kaum mehr als ein paar nichtssagende Andeutungen zu hören.

Umso ausführlicher erzählte ich ihm aus meinem Leben,

meine Kindheit und meine Reviersuche. Über meine Familie, die ich selbstverständlich in den glühendsten Farben schilderte. Offenbar gab ich dermaßen, vor allem mit meinen Kindern, an, dass er nach und nach richtiggehend neugierig wurde und es schließlich gar nicht mehr erwarten konnte sie alle kennen zu lernen.

Aber zuvor musste erst noch der Weg zurück erledigt werden. Völlig egal, wie sehr er diesen Weg auch gerne abgekürzt hätte, das war leider gar nicht drinnen. Ganz im Gegenteil, denn auch wenn ich nur knapp zwei Tage bis zu ihm unterwegs gewesen war, so war der Rückweg vor allem unter Rücksicht auf seine Gebrechlichkeit doch um einiges beschwerlicher.

Vor allem die Nahrungsbeschaffung war für ihn ermüdend. Das heißt nicht, dass er Probleme mit dem Fangen von Mäusen und Fischen hatte, nein, der Vorgang strengte ihn nur dermaßen an, dass er danach unbedingt eine nicht zu kurze Pause folgen lassen musste.

Fast jedes Mal schlief er dabei ein und wurde erst nach wenigstens einer Stunde wieder so munter, dass wir den Weg fortsetzen konnten. Persönlich dachte ich, dass es gar nicht so sehr sein Alter wäre, sondern vielmehr seine mangelhafte Kondition. Na, meine beiden Burschen würden seine Kondition schon auf Vordermann bringen!

Lomisols Geschichte

Das eigentlich überraschende an der Sache war, dass er schlicht und einfach und ohne irgendeine auch noch so belanglose Aussage, neben mir her trabte, ohne sich über den mangelnden Gesprächsstoff zu beklagen. Nachdem ich auch keine weiteren Geschichten über mich und meine Familie wusste, waren wir beide nur noch mit unseren Gedanken beschäftigt. Dann jedoch juckte es mich doch, ihn ein wenig eindringlicher zu fragen, wodurch er so ein Einsiedler geworden war.

„Weißt du," begann er nach einem schrägen Seitenblick auf mich, „ich wollte eigentlich nie wieder mit jemanden über diese Angelegenheit reden, aber aus einem mir völlig unerklärlichen Grund hast du dich ohne großartige Gesten als wahrer Freund gezeigt."

Ich war mit mir zufrieden, ja. „Nun, mir schien ganz einfach, dass du in einer tiefen Melancholie stecktest und das ist nicht gut! Nicht für dich und auch nicht für deine Umgebung!"

„Im Prinzip ist es keine Melancholie, sondern vielmehr Verzweiflung. In meinem Leben gab es natürlich auch eine Zeit der Zufriedenheit und Freude, aber das ist lange her. Viel zu lange, wie ich meine, und daher war ich bereit, mich auf deinen Vorschlag einzulassen."

„Mir schien, dass du dringender einer Abwechslung bedürftest als es auf den ersten Blick schien und dafür erschien mir diese Einladung geradezu ideal!" Um ihn weiter zu ermuntern, mir seine Sorgen anzuvertrauen, begann ich, ihm von meinen eigenen Abenteuern zu erzählen, was ich bis jetzt natürlich zurück gehalten hatte.

So erzählte ich ihm zuerst von meinen bereits verbrauchten Leben – dabei kam mir schlagartig zu Bewusstsein, dass durch die Episode mit dem tollwütigen

Kater nicht nur mein fünftes (falls ich den Fuchs mitzählte, sonst eben das vierte), sondern auch das weißnichtwievielte Leben von Athasonia verbraucht worden war! – ohne Beschönigungen. Ich wollte damit meine Ehrlichkeit unter Beweis stellen.

Danach berichtete ich von meiner Beziehung zur schönen Athasonia und den daraus resultierenden vier Kindern. Ich machte auch kein Hehl aus der Tatsache, dass wir von den Personen bei denen wir wohnten nicht nur gut versorgt, sondern überhaupt auch gut behandelt wurden. Mehr sogar, in den beiden Fällen mit Girassos Verletzung und unserem bedrohlichen Kampf mit dem tollwütigen Kater, hatten sie sich ehrlich um unsere Gesundheit gesorgt und hatten alles getan, was in derartigen Fällen von Nöten war!

Lomisol, der die meiste Zeit nur stumm neben mir herlief, und der hin und wieder lediglich durch ein erstauntes Kopfschütteln sein Interesse an meiner Geschichte bekundete, brach jetzt erstmals sein Schweigen.

„Wenn ich dir so zuhöre, frage ich mich, wieso du nach all diesen doch mitunter sehr einschneidenden Erfahrungen noch immer so viel Energie in dir hast, dass du, scheinbar, sorglos herumwanderst!" Das Erstaunen in seiner Stimme war so deutlich, dass ich kurz über seine Worte nachdachte. Was hatte ich schon groß geleistet? Eigentlich waren das doch alles nur – Unvorsichtigkeiten? Missgeschicke? Übermut?

„Was genau meinst du damit?" fragte ich ihn deshalb rundheraus.

Er besann sich kurz, dann sagte er: „Nach jedem deiner Überlebens-Abenteuer hätte ich mich vermutlich einige Tage nicht aus dem Haus getraut. Du aber versuchst lediglich Vorteile daraus zu ziehen und zu lernen, was du besser machen könntest. Das finde ich bewundernswert!"

„Also, meine schöne Athasonia ist da gänzlich anderer Meinung! Sie denkt, dass ich nur ein großes unvernünftiges Kind bin, das grundsätzlich nicht an morgen, und schon gar nicht an andere, denkt!" Ich selbst fand da allerhöchstens für das Fuchsabenteuer Bewunderung. Aber selbst diese war mir im Grunde genommen versagt geblieben.

„Schon klar! Frauen denken immer zuerst an die Familie und erst dann an etwas anderes!" Lomisol schien tatsächlich von meinen Missgeschicken, die ich glücklicherweise überlebt hatte, besonders angetan zu sein. Jedoch, als er mir dann endlich seine eigene Geschichte erzählte, verstand ich ihn besser. Ja, jetzt bewunderte ich sogar ihn, weil er sich so tapfer gegen das ihm zugemessene Schicksal behauptet hatte!

Nun zu seiner Geschichte. Ich möchte sie aus meiner eigenen Sicht darstellen, da ich sie so besser nachvollziehen kann. Es begann alles damit, dass Lomisol aus seiner ursprünglichen Heimat ausziehen musste. Und das deshalb, weil seine Leute umziehen mussten, da sie schon sehr betagt und pflegebedürftig waren.

So kam es, dass er neue Leute bekam. Zuerst schien es ganz okay, aber schon nach kurzer Zeit stellte sich heraus, dass ihnen die Katze völlig egal war. Es kam ein großer Hund ins Haus, der alles an sich riss.

Lomisol, der ein grau-schwarz-gestreifter Kater war, versuchte natürlich sich mit dem neuen Hausbewohner anzufreunden. Nun weiß Jedermann, dass sich Hunde und Katzen nur schlecht vertragen. Vor allem wenn sie nicht von Beginn an in einem gemeinsamen Haushalt leben.

Nichtsdestotrotz war unser Lomisol ein freundlicher, zugänglicher und nicht voreingenommener Zeitgenosse. Aber der Hund war dagegen offenbar entweder in einem missgünstigen Haushalt, oder bei grundbösen und von vorne herein gegen andere ablehnenden Leuten aufgewachsen und kannte daher wohl nichts Besseres.

Egal wie freundlich er sich dem Hund gegenüber auch zeigte, es fruchtete nichts. Ganz im Gegenteil: Der Hund hatte scheinbar nichts anderes im Sinn, als ihn zu demütigen, zu ärgern, ihm sein Futter zu missgönnen und überhaupt. Dauernd verfolgt und bedroht, konnte er sich jedoch, auch noch nach unzähligen Versuchen, nicht mit ihm anfreunden. Daraufhin zog er aus.

Eine ganze Woche irrte er umher und fand doch keine geeignete Bleibe. Dann, am achten Tag traf er Mariposa. Sie waren sich augenblicklich aufs herzlichste zugetan. Mariposa war, ebenso wie er, mehr oder weniger aus ihrer Heimat vertrieben worden. Ihre Gründe waren fast dieselben, welche auch Lomisol aus seiner ersten Heimat vertrieben hatten: Mariposas Leute, eine eigentlich noch gar nicht so betagte Frau, verstarb eines Tages, ohne dass Mariposa die auslösende Ursache erfahren hatte. Schon das alleine verband.

Sie lebten als wilde Katzen in jenem Gebiet, in welchem Lomisol jetzt noch logierte. Der Platz, den ich bei unserem ersten Treffen als Schlafplatz erkoren hatte, war der Lieblingsplatz von Mariposa gewesen, wie ich erfuhr, als er seine Geschichte erzählte. Noch im Nachhinein konnte ich mich nicht oft genug entschuldigen für meine Insensibilität!

Also jedenfalls lebten sie ein recht geruhsames Leben und wie bei mir und Athasonia auch, wurde ihre Gemeinsamkeit mit fünf Kindern belohnt. Von denen jedoch nur drei überlebten, da Mariposa, geschwächt durch eine sehr hartnäckige Infektion, nicht genügend Milch für alle produzierte. Da half leider auch gar nicht, dass Lomisol Unmengen an Katzennahrung herbei schaffte. Sie war für die Neugeborenen schlicht und ergreifend nicht geeignet. Also blieben nur noch drei Kinder übrig.

Sie trösteten sich allerdings mit der Hoffnung, dass die Zeit Mariposas Gesundheit wieder herstellen würde und sie noch auf weiteren Nachwuchs würden zählen können. In dieser Zeit, die drei Kleinen waren noch unter Mutters Obhut, kamen drei andere Katzen vorbei. Es waren ebenfalls wild lebende Katzen, zwei Kater und eine Katze um genau zu sein, und sie wurden daher freundlich aufgenommen.

Zu Mariposas und Lomisols Unglück waren sie jedoch der freundlichen Aufnahme nicht würdig. Sie fanden alles was sie bekamen für unzureichend und nörgelten an allem und jedem herum. Auch waren sie laufend in eigene Raufhändel verwickelt, wobei sie sowohl Mariposa als auch Lomisol immer wieder mit hinein verwickelten.

Das wäre vielleicht gerade noch zu ertragen gewesen, aber dann fand die fremde Katze, dass sie Mariposas Kinder nur nervten – möglicherweise, da sie selbst entweder keine bekommen konnte, oder auch ihre eigenen verloren hatte – und stachelte ihre beiden Kumpane auf, sie aus der Welt zu schaffen. Was diese eines Nachts in einem, wie sie dachten, unbeobachteten Augenblick, auch taten. Da sich Mariposa, die sie sehr wohl beobachtet hatte, selbstverständlich energisch dagegen wehrte, töteten sie auch sie. Sie hatte gegen die drei Wilden ganz einfach keine Chance. Als Lomisol schließlich dazu kam, war es leider schon zu spät.

Lomisol, der nichts mehr dagegen ausrichten konnte, – Marposa lag bereits im Sterben, sie konnte nur ihm noch sagen, wer der eigentlich Schuldige war – blieb nichts anderes übrig, als sich an der Anstifterin zu rächen. Der Kampf war kurz und brutal. Die fremde Katze hatte – ihre Kumpane hatten bereits genug vom Kampf mit Marposa – dem wie ein Berserker angreifenden Lomisol nichts Ernsthaftes entgegenzusetzen. Die anderen beiden Kater, welche sehr rasch begriffen, dass sie gegen diesen, völlig und zu Recht in Rage geratenen, Kater keinesfalls irgendetwas ausrichten konnten, ergriffen daraufhin die Flucht.

Doch Lomisols Welt war daraufhin jedoch für alle Zeit zerstört. In tiefer Trauer begrub er die Reste seiner einst so glücklichen Familie in der Nähe des Platzes, an dem sie sich zum ersten Mal begegnet waren. Aber er hatte nicht genügend Mut um sich eine neue Heimat zu suchen und so blieb er, in trostloser Verzweiflung und in steter grausamer Erinnerung am gleichen Ort.

Als er mit seiner Geschichte zu Ende war, verfiel ich in ein betroffenes Schweigen. Ich fand ganz einfach nicht die richtigen Worte, um ihm Trost zuzusprechen. Nach einiger Zeit des gemeinsamen Schweigens sagte ich dann: „Vermutlich wäre ich an deiner Stelle ebenfalls zum unzugänglichen einzelgängerischen Eremiten geworden!"

„In den ersten Monaten, oder vielleicht auch Jahren, wer weiß das schon so genau, habe ich alles, was in meine Nähe kam, nur vertrieben. Erst in den letzten zwei, drei Jahren hab ich mich wieder daran erinnert, dass es nicht nur Böses gibt." Tiefe Trauer sprach aus seiner Stimme. Wohl auch über seine verlorene Zeit. Zwar hatte er kein Leben eingebüßt, aber wirklich gelebt hatte er es denn auch nicht.

„Ich verspreche dir, wir kriegen das schon wieder hin! Sieh mal, da vorne kommt uns schon meine schöne Athasonia entgegen!"

Überraschender Besuch

Athasonia hatte uns natürlich schon von weitem gesehen. Sie empfing uns mit: „Welchen freundlichen Herrn bringst du denn da mit nach Hause? Ich dachte, dass du höchstens eine deiner Schwestern dazu überreden könntest, den weiten Weg hierher mitzukommen!"

„Ich habe unterwegs aber einen alten Freund getroffen, der euch gerne kennenlernen wollte, und da hab' ich mir gedacht, meine Schwestern und meine Mutter kann ich später immer noch besuchen!" Schon war ich wieder in Verteidigungsstellung! Man kam gegen Athasonia eben nicht an.

„Na, dann stell' ihn uns wenigstens vor." Meine schöne Athasonia war natürlich ebenso neugierig wie ich.

„Also das ist Lomisol, der als einsamer Wolf so ungefähr auf halbem Weg zu meiner Mutter beheimatet ist und den ich schon bei meiner Reise hierher kennen lernen durfte. Er ist Witwer und wollte gerne einmal wieder unter Freunden sein!" Selbstverständlich erzählte ich nichts davon, dass ich ihn erst zu diesem Besuch überreden hatte müssen.

„Nun, Freund Lomisol, das sind unsere Mädchen Imolosa und Rasione. Von unseren Söhnen ist Sogiras schon ausgezogen und Girasso wird es ihm vermutlich in Kürze nachmachen!" Sie war sehr stolz auf ihre Nachkommen.

„Und wo treibt sich Girasso gerade herum?" wollte ich wissen.

„Ach, du kennst ihn ja. Er versucht herauszufinden, in welche Richtung er aufbrechen möchte. Aber seine Entscheidungsfreude ist seit der Sache mit dem Bein eingerostet!" Athasonia hielt in seit damals für einen Zauberer und ließ ihn das auch deutlich spüren.

„Meine liebe Frau," mischte sich nun doch auch Lomisol ins Gespräch ein, „ich glaube, wenn ich ihm meine Geschichte erzählen dürfte, wäre er ganz rasch von seiner Unlust geheilt!"

„Denken sie wirklich?" Sie konnte das nicht glauben.

„Aber ganz bestimmt!" beeilte ich mich nun hinzuzufügen.

Als Girasso nach Hause kam, bemerkte er unseren Gast natürlich sofort und war ganz aufgeregt darüber, dass wir Besuch hatten. Besuch, vor allem aus einer uns ansonsten unbekannten Gegend, kam eigentlich kaum jemals vor. Natürlich trieben sich die Katzen aus der Gegend immer wieder auch bei uns herum, aber mit Besuch hatte das nichts zu tun.

Selbstverständlich wollte sich Girasso sofort als beinahe Erwachsener präsentieren und meinte, er würde den Besuch zwar sehr erfreulich finden, aber leider war er ja schon so gut wie ‚Auf dem Weg', sodass unser Freund nicht viel von ihm haben würde.

Lomisol nahm das lächelnd zur Kenntnis und sagte „Ich glaube du bist ein kleiner vorwitziger Junge, der nur schon als reifer Welterkunder gelten will und weißt noch in keiner Weise, wie es da draußen in Wirklichkeit zugeht!"

„Doch, doch", erwiderte Girasso daraufhin in überlegener Manier, die er wohl wissend aber gar nicht wirklich empfand, „Ich kenne unsere gesamte Umgebung sehr gut. Ich kenne sogar den Weg um die stürzenden Wasser herum!" fügte er noch großsprecherisch hinzu.

„So, so" meinte Lomisol, „du kennst also deine Heimat schon recht gut, aber was weißt über fremde wilde Katzen?"

„Ach, die werden kaum unangenehmer oder nerviger sein, als der dumme Isirmo vom Ende der Straße, der immer glaubt, er kann mich ungestraft erwischen."

„Und was, wenn er dich dennoch einmal erwischt?"

„Dann beiß' ich ihn in seine freche Nase, das vergisst er sicherlich sein ganzes Leben nicht mehr!" Girasso war sichtlich stolz auf seine, vermutlich noch nie – eigentlich ganz bestimmt noch nicht – ernsthaft unter Beweis gestellten, Fähigkeiten.

„Also wenn du schon so erfahren bist", fragte Lomisol daraufhin sofort, „warum kannst du eine so simple Entscheidung wie ‚gehe ich links' oder ‚gehe ich rechts' nicht treffen, sondern zickst nur immerzu herum?"

Das war nun keinesfalls die Antwort, welche Girasso erwartet hätte. Ganz im Gegenteil verblüffte sie ihn dermaßen, dass er kleinlaut zugab, sich vor allem deshalb nicht entscheiden zu können, weil ihn die zweifellos zu erwartende Einsamkeit ängstigte.

„Hast du nie daran gedacht, dass du gegebenenfalls umkehren und wieder zurückkommen könntest? Es zwingt dich doch niemand immer in der Fremde zu bleiben. Abgesehen davon, dass du nur so eine zu dir passende Partnerin finden kannst."

„Eine Partnerin? So eine schöne wie meine Mutter zu Beispiel?" fragte Girasso nun sofort aufgeregt und stellte sich die zu erwartende Begegnung sofort in den lebhaftesten Farben vor.

„Natürlich."

„Dann muss ich das sofort ausprobieren!"

Und genau so kam es. Girasso machte sich schon am übernächsten Tag auf seine Reise. Sein Abschied von uns war genau so unkompliziert wie bei Sogiras, nur dass ihn keiner von uns begleitete. Zwar sahen wir ihm nach, bis er den oberen Wiesenrain erreichte, aber als er danach im höheren Gras verschwand, wandten wir uns wieder unseren bevorzugten Tätigkeiten zu: dösen.

Lomisol blieb fast einen ganzen Monat bei uns. Sogar unsere Leute freundeten sich mit ihm an und waren ein klein wenig enttäuscht, als er uns wieder verlassen hatte. Nachdem Athasonia erfahren hatte, wie und warum ich Lomisol eingeladen hatte, war sie sehr zufrieden mit mir und meiner Entscheidung und sogar etwas stolz konnte ich in ihren Augen erkennen.

So lebten wir einige Monate geruhsam dahin. Unsere beiden Mädchen kamen derweil ins Alter, in welchem sie begannen, an eine eigene Familie zu denken, und streunten in immer weiteren Kreisen in der Hoffnung umher, vielleicht doch jemandem zu begegnen, der ihren Erwartungen genügte.

Ihre Hoffnungen erfüllten sich jedoch rascher, als erwartet, denn eines schönen Tages stand ein strammer junger Kater vor unserem Haus, der ganz offen unseren beiden Mädchen den Hof machte. Und siehe da: beide erhörten ihn! Ja, sie himmelten ihn geradezu an!

So kam es, wie es kommen musste: Beide wurden schwanger. Was den jungen Kater anging, so war er genau so rasch wieder verschwunden, wie er gekommen war. Nur, das störte unsere beiden Mädchen in keiner Weise. Ein interessantes Detail am Rande: Auch Athasonia wurde wieder guter Hoffnung.

Nach kaum zwei Monaten hatten wir vierzehn Kätzchen um uns vier Erwachsene herum! Das war ein Gewusel! Wir wussten nicht, welches von ihnen wir im Auge behalten sollten! So drollig sie auch waren, sie waren allesamt immer unterwegs und immer in die verschiedensten Richtungen.

Imolosa hatte mit sechs den Vogel abgeschossen: vier Katzenmädchen und zwei Bübchen! Leider war eines der Mädchen so schwach, dass es die ersten Wochen kaum überleben würde. Jedenfalls nicht, ohne die sorgsame Unterstützung von Liesl und Wolfi, welche ihr sogar eine besondere Milch für neugeborene Kätzchen beschafften. Dabei war sie die hübscheste von allen: Wie eine Kopie ihrer Großmutter, strahlend weiß mit vier schwarzen Pfötchen!

Rasione und Athasonia hatten jeweils vier. Rasione nur Bübchen, die ihren Onkeln deutlich nachempfunden waren und Athasonia drei Mädchen und ein Bübchen, ohne besondere Auffälligkeiten. Im Gegensatz zu den vier von Athasonia und mir, war es mir nicht vergönnt an der Namensgebung der neuen Erdenbürger teil zu haben.

In der Folge hörten wir, wie unsere Leute beschlossen, die gesamte Kinderschar außer Haus zu geben. Da ich von meiner Mutter wusste, dass das im allgemeinen für die Kätzchen von Vorteil war, da sie ausschließlich zu wohlmeinenden und liebvollen Pflegeeltern kamen, war uns das nicht unrecht. Jedenfalls, soweit wir davon wussten.

Imolosa und Rasione wollten davon selbstverständlich überhaupt nichts wissen.

„Kann mir irgendjemand erklären, warum ich meine Kinder rascher wieder hergeben sollte, als ich Zeit hatte, sie kennen zu lernen, aufwachsen und erwachsen werden zu sehen?" Imolosa war richtiggehend wütend.

„Sie können noch nicht einmal eine Maus fangen!" wandte auch Rasione ein. „Wer und wann sollen sie denn lernen wie sich eine Katze verhält?"

Und Imolosa ergänzte augenblicklich: „Ich kenn sie ja selbst noch kaum! Sie sind doch überhaupt noch nicht reif!"

„Nun mal langsam", versuchte ich Ruhe in die Aufregung zu bringen, „es ist ja noch nicht einmal klar, ob, wie viele und wer von ihnen ein neues Heim bekommen wird. Außerdem müsst ihr verstehen, dass Liesl und Wolfi nicht für achtzehn Katzen sorgen können!"

„Aber wir können uns doch selbst versorgen!" kam es wie aus einem Munde von den beiden jungen Müttern.

„Da bin ich mir gar nicht so sicher!" fügte Athanasia hinzu, „denkt nur an den letzten Winter, als alle Felder unter dichtem Eis verborgen lagen! Was hättet ihr – und natürlich auch wir – ohne Liesls Unterstützung getan? Nicht einen Monat hättet ihr überstanden!"

Rasione war die Einsichtigere der beiden. „Das ist schon klar, aber muss es denn schon so bald sein?"

Wieder sprang Athanasia ein. „Glaubt mir, je früher, desto besser. Umso früher die Jungen lernen auf eigenen Beinen zu stehen, umso besser. Und ihr beiden vergesst sie auch schneller."

Außerdem würden Athasonia, Imolosa und Rasione sterilisiert werden. Was das bedeutete, wusste ich von meiner Mutter: Sie würden nie wieder weitere eigene Kätzchen bekommen können. Das störte meine Schöne schon sehr viel mehr. Nicht wegen sich, sie hatte sowieso schon acht und damit mehr als genug, aber ihren beiden Töchtern hätte sie gerne noch weitere Kinder gegönnt.

Aber es ging wohl nicht anders. Wenn unsere Leute auch ganz andere Möglichkeiten hatten als wir, so waren sie mit achtzehn Katzen schlicht überfordert. Daher kamen ab sofort eine Menge Leute zu uns auf den Hof. Alle wollten immer sämtliche Katzen sehen und bewundern und streicheln und mit allerlei Leckereien füttern.

Manchmal war es uns ganz einfach zu viel und wir waren unauffindbar. Das ärgerte unsere Leute selbstverständlich, aber was sollten sie tun? Uns einsperren war keine gute Option, denn dann wurden wir nur unleidlich und wenn Fremde kamen, waren wir gar nicht artig und kratzten und fauchten.

Irgendwann war es jedoch vorbei und wir waren nur noch zu sechst. Zwei von Rasiones Jungen waren bis dato noch nicht bei fremden Leuten untergekommen und wurden daher noch weiterhin angepriesen. Aber aus irgendeinem, uns nicht ersichtlichen Grund, kamen keine Leute mehr, um sich ihrer anzunehmen.

Liesl und Wolfi war das inzwischen wohl ebenfalls egal, denn soweit wir es mitbekamen, gab es keine weiteren Vermittlungsversuche. Letztlich war es uns allen recht, denn wir wussten, dass sie früher oder später, genau wie vorher schon ihre Onkel, auswandern würden.

Außerdem hatten sie beschlossen Imolosa nicht sterilisieren zu lassen. Da sie jetzt nur noch sechs hatten, von denen mit größter Wahrscheinlichkeit wenigstens einer der Knaben über kurz oder lang verschwinden würden, gab es vielleicht die Möglichkeit doch noch weitere Kätzchen zu erhalten.

Denn schließlich und endlich gab es doch nichts putzigeres als kleine unter den Füßen herum wuselnde Kätzchen!

Und Imolosa? Auch sie zeigte sich zufrieden, da die Sterilisation vorerst an ihr vorbei ging. Zudem fand ich, dass sie ein sehr einfühlsames Mädchen war, da sie weder gegenüber Athasonia noch gegenüber Rasione mit ihrer verlängerten Fertilität angab, sondern im Gegenteil sie damit tröstete, dass sie ja noch die beiden Buben hatte.

Chancenlos?

Rasione war mit dieser Entscheidung am zufriedensten. Ihre beiden Jungen, Ristorin, der Ältere, und Strelozio, der Jüngere, benannt, sollten von ihrem Großvater Sinepoi die Grundlagen der Überlebenskunst lernen.

‚Als ob ich ein Meister des Überlebens wäre!' dachte ich bei mir und kam mir trotzdem gebauchpinselt vor. Allerdings, fünf Leben hatte ich mit einigem Glück gemeistert. Aber hatte ich dadurch wirklich ausreichende Erfahrung gesammelt, um sie als ‚Lehrmeister' vermitteln zu können?

Außerdem: Nur darüber zu reden ist leicht. Vielleicht auch noch das eine oder andere vorzeigen. Aber wie überprüft man, ob das dargebotene Wissen auch angekommen ist? Ob es so verstanden wurde, dass es in einem unvorhersehbaren Moment auch richtig angewandt wurde? Ich konnte die beiden doch schlecht in Gefahr bringen, nur um ihr Können zu überprüfen! Rasione würde mir den Kopf abreißen. Ganz zu schweigen von Athasonia!

Seltsamerweise hatte ich bei Girasso und Sogiras nie solche Bedenken gehabt! Großvater zu sein ist also scheinbar etwas gänzlich anderes als nur einfach Vater! Ich musste mir einige brauchbare Prüfungen überlegen, welche schwierig genug zu bewältigen waren, die jedoch keine ernsthafte Gefahr für die Kinder darstellten. Zuerst einmal dachte ich meine selbst gemachten Erfahrungen durch: Was hatte ich eigentlich gelernt? Und mich auch daran gehalten?

Punkt 1: Immer einen Fluchtweg zur Verfügung haben. Das war das Um und Auf und in jedem Fall das Allerwichtigste. Ohne einen Fluchtweg ging gar nichts.

Punkt 2: Der Fluchtweg musste nicht nur frei sein, er musste auch ohne großen Umweg zu einem sicheren Versteck führen! Was nützt schon eine gelungene Flucht, wenn am Ende des Atems kein Versteck in Sicht war?

Punkt 3: Immer auf eine mögliche Gegenwehr achten. Das betraf nicht nur Beutetiere, diese wurden sowieso in der mütterlichen Jagdschulung behandelt, sondern vor allem ernsthafte Gegner. Im Klartext hieß das: Keine Gegner herausfordern, welche uns von Natur aus überlegen sind! Mein Abenteuer mit dem Fuchs durfte keinesfalls zum Beispiel genommen werden! Besser, die beiden wussten erst gar nichts davon.

Punkt 4: Vorsicht bei allem und jedem! Die kleinste Unachtsamkeit war schon dazu angetan, sein Leben endgültig zu verlieren! Auf das Glück und die vorhandenen sieben Leben zu setzen war eine ganz schlechte Strategie! Athasonia hatte mein Fuchs-Abenteuer mit der Einbuße des fünften Lebens beziffert. Aber nachdem ich die ganze Geschichte nochmals durchgedacht hatte, wurde ich das Gefühl nicht los, dass es mich in Wahrheit wohl eher zwei Leben gekostet hatte! Ich hatte voreilig auf meine Stärken gesetzt und nicht bedacht, dass beispielsweise ein harmloser Ast, in welchem ich nur kurz hängen blieb, meine Flucht augenblicklich in eine absolut tödliche Falle verwandelt hätte! Ich sollte die Fuchs-Geschichte wohl doch, wenn auch nur als abschreckendes Beispiel, erzählen!

Punkt 5: Nicht alle Gefahren waren leicht zu erkennen. Manche von ihnen waren solange unsichtbar und unhörbar, bis es zu spät war! Ja, und überhaupt: Sie konnten jederzeit von allen Seiten, vor allem auch von oben kommen! Und da denke ich nicht nur die Fuchsfalle, sondern vor allem auch an Raubvögel.

Diese Überlegungen bildeten das Gerüst, welches ich meiner Schulung zugrunde legen wollte. So begann ich damit, dass ich sie auf einen kleinen Ausflug mitnahm.

„So, meine beiden Racker. Wir werden heute ein wenig in die euch noch fremde Welt hinausgehen; dahin, wo ihr noch nicht ward, und wohin es euch vermutlich auch nicht so bald verschlagen wird!"

„Heißt das, dass wir auf Abenteuer aus sind?" wollte Strelozio, der frechere der beiden, sofort wissen.

„Wer weiß?" entgegnete ich unverbindlich.

„Au, fein!" meldete sich nun auch Ristorin zu Wort.

„Bleiben wir lange fort? Vielleicht drei, vier Tage?" Er hatte wohl meine Abenteuerlust im Blut.

„Nein, nein! Aber es wird schon morgen, vielleicht auch übermorgen werden, bis wir wieder nach Hause kommen!" Ich wollte nicht gar zu unverbindlich bleiben.

Zurück zu meinen Pflichten als Lehrer, als Überlebens-Lehrer! Ha, von wegen! Vielleicht wäre es besser Nicht-Lebensverlust-Stratege, so oder doch so ähnlich fühlte ich mich wenigstens. Wie war das eigentlich damals, als ich mich um Girasso und Sogiras kümmern musste? Hatte ich damals schon so eine Art Gewissensbisse, wie derzeit? Nicht, dass ich wüsste! Wie immer war ich, meiner Natur entsprechend, unbekümmert und sorglos an die Erziehung meiner Söhne herangegangen.

Der Weg, den ich wählte, führte in der Richtung zu Lomisols Gebiet, da ich ihn kurz besuchen wollte, um zu sehen, ob er jetzt freundlicher und zugänglicher als zuvor geworden war. Da Lomisols Reich auf meinen bisher gewählten Routen vergleichsweise umständlich zu erreichen, oder zumindest relativ weit war, wählte ich diesmal quasi die Direttissima.

Die langen und gegebenenfalls umständlichen Wege hatten den Vorteil, dass sie keine besonderen Herausforderungen beinhalteten. Auf diesem Weg hingegen mussten wir eine Straße überqueren, die zwar nicht allzu stark aber doch einigermaßen dicht befahren war. Dort wollte ich meine erste Lektion anbringen.

Zwei Dinge schienen mir dabei von Interesse: Erstens, wie weit konnte ich sie selbst entscheiden lassen, wann, wo und wie sie diese Straße queren würden. Zweitens, war es klüger, die Straße gleich frontal anzugehen, oder war es klüger, erst einmal eine Weile an ihr entlang zu gehen?

Ich entschied mich für Zweiteres. ... Und tat gut daran! Denn kaum war die Straße am Waldesrand aufgetaucht – und damit erstmals erkennbar – kam auch schon so ein riesiges

Ding daher, wie es mich seinerzeit von den Beinen gerissen hatte! Meine beiden Burschen traf fast der Schlag, mit solch einem Getöse war dieses Ding vorbei gerauscht.

„Seht ihr, was ich meinte, als ich euch vor der Straße gewarnt habe? Man kann gar nicht vorsichtig genug sein. Denn was noch viel schwieriger ist als das Erkennen, ist die Schnelligkeit, mit der es heran kommt. Kaum habt ihr es erblickt, schon ist es da!"

„Wie kommen wir dann überhaupt auf die andere Seite?" wollten sie sofort wissen. „Müssen wir uns, wie bei einem Bach, eine schmale Stelle suchen, an der wir hinüber können?"

„Nein, das ist nicht notwendig. Aber es ist gut, wenn das Straßenstück, das ihr einsehen könnt, nach beiden Richtungen hin lange genug ist, damit ihr das Herankommen dieser Riesenmaschinen – aber auch der kleineren – früh genug erkennt." versuchte ich einen ersten Hinweis zu geben.

„Wie weit ist ‚lang genug'?" kam augenblicklich die Retourfrage.

„Also ich hab` es immer so gemacht, dass ich eines von den Dingern im Auge hatte und wartete, wie lange es brauchte um an mir vorbei zu fahren. Wenn das lange genug gedauert hatte, dann wusste ich beim Nächsten, ob die Zeit reicht. Dann aber husch-husch und ohne zaudern!"

„Dürfen wir das einmal ausprobieren?"

„Dazu sind wir hier."

Es dauerte auch gar nicht lange, bis sie es heraus hatten. Wir liefen alle drei einige Male hin und her, dann setzten wir unseren Weg in Richtung von Lomisols Heimat fort.

Als wir dort ankamen, trafen wir auf einen leider erkrankten Lomisol. Er begrüßte uns noch freundlich, dann jedoch erzählte er von einem Dorn an einem Beerenstrauch, den er übersehen hatte und der ihm im Hinterlauf stecken geblieben war. Er hatte ihn, anstatt heraus zu bekommen, nur tiefer hinein gedrückt und so hatte sich die Wunde entzündet und er konnte kaum noch gehen.

Dadurch war er auch schon sehr abgemagert, weil er

nicht richtig jagen konnte. Strelozio, der offenbar eine ganz spezielle soziale Ader hatte, entschied sich ohne zu zögern dafür, ihn so gut es ging zu pflegen. Sobald es ging, würde er wieder nach Hause kommen.

Strelizio war ein definitiv ‚braves' Kind. Ich hätte ihm nie ein derartiges Engagement zugetraut. Genau genommen war ich auch etwas skeptisch, aber Strelizio sagte „Opa, ich denke hier kann ich mehr über Sicherheit und Vorsicht lernen, als bei deinen gut gemeinten Überlebensstrategien, die für unsereins wahrscheinlich wenig Realitätsbezug haben!"

Ich war fraglos richtiggehend verblüfft, schon allein die Ausdrucksweise meines Enkels war eigentlich überhaupt nicht seinem Alter gemäß. „Ich hatte keine Ahnung, dass du meine Lehrversuche dermaßen missbilligst!"

„Ich missbillige sie keineswegs, ich denke lediglich dass mir hier das so genannte richtige Leben hautnah begegnet und das, glaube ich, ist es wohl wert, dass ich es versuchen sollte!"

Ich hatte von meinem Enkel bisher noch keinen so langen Satz gehört. Also gab ich mich geschlagen und ließ ihm seinen Willen. Zudem hatte er schon, gewissermaßen als Einstieg zu seinem Entschluss, Lomisol bereits von dem störenden Dorn befreit. Allein wie er das bewerkstelligt hatte war für sich genommen schon beeindruckend. Er hatte gezielt die Krallen ausgefahren und mit der linken Kralle des rechten Vorderfußes den Dorn, der Gott sei Dank gar nicht so tief saß, herausgeholt. Ohne viel Federlesens und ohne besonders darauf hinzuweisen.

Natürlich musste ich auch Lomisol um sein Einverständnis bitten, dass Strelozio bei ihm bleiben durfte. Schließlich kannte er den kleinen Burschen ja noch gar nicht und musste sich fragen, ob das eine gute Idee war. Dass der Junge ihn so ohne viel Federlesens von seinem unangenehmen Schmerz befreit hatte, hatte ihn aber doch so sehr beeindruckt, dass er sogar richtig froh über die Idee des Bürschchens war.

Ristorin und ich verabschiedeten uns von Lomisol,

wünschten ihm und Strelozio viel Glück und wandten uns dem Heimweg zu. Wir nahmen den kürzesten Weg und waren früh morgens am nächsten Tag wieder zurück.

Unterwegs erklärte ich Ristorin noch, dass es auch galt, auf derartige Dinge Acht zu geben, denn wie er hatte sehen können, konnte auch so ein harmloser Dorn sehr rasch letal enden. Ristorin meinte zwar, dass er ganz gewiss jeden Dorn aus seinen Beinen heraus bekäme, aber so sicher, wie er sich gab, war er denn doch nicht, denn er ging plötzlich viel vorsichtiger und mied alle Sträucher mit Dornen.

Dennoch fand ich, dass der eine oder andere Versuch die Lehre wenigstens für Ristorin fortzusetzen nützlich sein würde. Also überlegte ich mir, was wohl am besten dafür geeignet sein könnte. Ich ging im Geiste meine eigenen diversen Überlebensphasen durch und entschied mich danach für eine ‚Flucht' auf eine Tanne. Oder vielleicht auch Fichte, oder Zeder, oder was weiß ich welchen harzigen Zeitgenossen.

Das war natürlich nicht nur für Ristorin, sondern auch für mich selbst eine nicht zu verachtende Herausforderung. Denn der Abstieg war immer noch unangenehm, egal wie man es auch anlegte. Worauf es ankam war im Prinzip nur der Mut, der erforderlich war, um sich zu überwinden.

Also suchte ich mir einen geeigneten und nicht allzu hohen Baum aus und sagte: „Also, du Klettermaxe, hinauf mit dir, so hoch du nur kannst!"

Interessanterweise machte Ristorin nur einen kurzen Blick nach oben und war schneller auf der Spitze, als ich verfolgen konnte. Ich stieg hinter ihm her und wartete etwa zwei Astebenen unter ihm darauf, was er zu tun gedachte. Das ließ auch nicht lange auf sich warten.

„Und was jetzt?" rief er herab.

„Na, wieder herunter, was sonst?"

Er ging den Abstieg zwar mit Bedacht, aber nichtsdestotrotz ohne Verzögerung an. Es gab den einen oder anderen Halt, bis er sich einen, ihm günstiger erscheinenden, Weg gefunden hatte und war letztendlich schneller unten als ich.

Als wir beide wieder am Boden waren, sah er mich mit großen Augen fragend an und meinte: „Worin bestand nun die Schwierigkeit?"

„Im Überwinden der Abscheu vor den stacheligen, klebrigen Ästen und Zweigen. Jedenfalls hat mir das immer ganz besondere Probleme gebracht!"

„Das hab ich mir bereits gedacht und darum hab ich mich schon beim Aufstieg dagegen gewappnet und mit der nötigen Portion Angabe gab es dann auch kein wirkliches Problem!"

„So, so. Mit Angabe hat das aber nur wenig zu tun, denn Überwindung war in jedem Fall erforderlich." Erwiderte ich ihm und war insgeheim stolz auf seine Voraussicht.

Zuhause angekommen, berichteten wir von Lomisols Missgeschick und dass sich Strelozio selbstlos dazu entschlossen hatte, Lomisol bis zu dessen Gesundung zu unterstützen. Athasonia quittierte das allerdings nur mit einem Kopfschütteln und meinte, Strelozio hätte sicherlich etwas ganz anderes im Sinn, als die Pflege Lomisols.

Nachdem wir drei Wochen nichts von den beiden gehört hatten, gab ich Athasonia Recht und dachte ebenfalls, dass sich Strelozio offensichtlich aus dem Staub gemacht hatte. Zwar war ich der Meinung, dass er durchaus auf sich selbst Acht geben konnte, aber einige Überlebensstrategien hätte er schon noch gebrauchen können.

Jedoch, wir wurden beide angenehm überrascht: Eine Woche später kamen die beiden bei uns frisch und fröhlich an. Die Entzündung Lomisols war wieder völlig ausgeheilt und er hatte sich dazu entschlossen, das Einsiedlerleben zugunsten eines geordneten Hoflebens aufzugeben und war daher gleich zusammen mit unserem Sohn zu uns zurückgekehrt, in der Absicht, auch hier zu bleiben. Er wirkte auch lange nicht mehr so behäbig und konditionsschwach wie noch vor einem Jahr. Immerhin, so genau wusste ich es selbstverständlich nicht, war er gut und gerne sechzehn oder mehr Jahre alt.

Wie es schien, hatte es Strelozio keinerlei großer

Überredungskünste bedurft, um ihn zu diesem Schritt zu animieren. Vor allem wusste er doch um die Freundlichkeit unserer ganzen Familie, von der er bisher mehr bekommen hatte als es ihm jemals in den Sinn gekommen wäre.

Zudem hatte er schließlich Liesl und Wolfi nicht nur als wohlwollende und vor allem ihm wohlgesonnene Personen kennengelernt, er durfte sogar davon ausgehen, dass er freudig und mit Herzlichkeit aufgenommen werden würde. Ganz im Gegenteil, ich war davon überzeugt, dass er augenblicklich mit ganz besonderen Leckerbissen bedacht werden würde.

Im Klartext hieß das, dass er sich hier in Ruhe und Behaglichkeit auf sein Altenteil zurückziehen würde können. Letztendlich blieb er auch bis zu seinem unvermeidlichen Ableben, welches aus seiner Sicht jedoch immerhin noch in unermesslich weiter Ferne lag.

Kompromisse

Rasione, die selig war, dass ihr Sohn wieder da war, bestand darauf, dass ich endlich mit meiner Überlebensschulung fortfuhr, denn sie sorgte sich, dass die beiden Knaben bald auf Wanderschaft gehen würden und sie wollte sie gut ausgebildet wie nur möglich in die Fremde entlassen.

Mir blieb also nicht erspart, nach weiteren Möglichkeiten zu suchen, wo ich ihnen gefahrlos etwas beibringen konnte. Irgendwie reizten mich diese stürzenden Wasser. Aber wie sollte ich dort gefahrlos agieren können? Der Durchgang hinter dem Wasser war, wenn man schon vorher über die Gefahr des Ausrutschens instruiert war, nicht so gefährlich. Vor allem, wenn man nur den Beginn des Tunnels betrat.

Aber der Felsen, der mich gerettet hatte, könnte durchaus brauchbar eingesetzt werden. Da konnten sie durchaus auch ins Wasser purzeln, ohne dass etwas schlimmeres passierte, als dass sie fürchterlich nass wurden!

Also nahm ich sie wieder mit auf einen Ausflug. Jetzt wussten sie auch sofort, dass es wieder interessant werden würde. „Wird es so aufregend wie letztes Mal?" fragten sie daher gleich nachdem wir aufgebrochen waren.

„Ich hoffe es wird aufregend genug" antwortete ich vorsichtig.

„Geht es wieder um Schnelligkeit?" Ristorin war auf Geschwindigkeit ganz wild, nichts konnte ihm schnell genug sein. Er gewann auch meistens die Wettläufe mit seinem Bruder, und natürlich auch mit mir.

„Schnelligkeit wird dir heute nicht helfen", versuchte ich ihn vorweg zu warnen. Aber er ließ sich dadurch nicht bremsen.

Als wir schließlich bei den stürzenden Wassern ankamen, waren sie erst einmal enttäuscht. „Aber die kennen wir doch schon!" maulten beide unisono.

„Ich glaube nicht. Wusstet ihr beispielsweise, dass es hinter dieser Wasserwand einen Durchgang gibt?"

„Dort hinten kann man durchgehen? Durch das Wasser?" Sie wollten es nicht glauben.

„Nein, natürlich nicht durch das Wasser. Hinter dem Wasser!" Jetzt hatte ich ihre Neugierde geweckt.

„Und das ist gefährlich?" fragten sie misstrauisch.

So erzählte ich ihnen von meinem Missgeschick, bevor ich ihre Großmutter kennen lernen durfte. Selbstverständlich schilderte ich den Vorfall in den düstersten Farben, um ihnen ordentlich Hochachtung davor einzuflößen. Sie verfolgten meine Erzählung zwar aufmerksam, aber ich hatte den Verdacht, dass es auf sie nicht besonders viel Eindruck machte.

Ich versuchte ihnen die Gefährlichkeit des Absturzes in das stürzende Wasser zu verdeutlichen und warnte sie davor, tatsächlich durch diesen Tunnel zu gehen. Selbst bei ausreichender Vorsicht. Ich sagte ihnen auch, dass ich keine Möglichkeit hätte, sie gegebenenfalls zu retten!

Um es ihnen zu verdeutlichen, zeigte ich ihnen auf einem der näher am Ufer gelegenen Felsen, wie rutschig die Angelegenheit tatsächlich war, indem ich ihnen so einen Ausrutscher vorführte. Natürlich war das nicht weiter dramatisch, da ich leicht zum Ufer paddeln konnte.

Sie wollten das klarerweise selbst ebenfalls ausprobieren. Als wir dann alle pudelnass am Ufer standen, hatten sie es wohl kapiert. Wenigstens was die Gefährlichkeit des Ausrutschens betraf. Jetzt konnte ich ihnen auch den Tunneleingang zeigen, von wo aus man durchaus auch die Glitschigkeit des leicht abschüssigen Bodens beobachten konnte.

„Und wenn man ganz rückwärts an der Wand bleibt? Könnte man dort nicht einigermaßen gefahrlos auf die andere Seite? Das wäre doch ein ganz tolles Fluchtszenario, oder?" Ristorin gierte geradezu danach, den Tunnel auszuprobieren, das sah man ihm an.

„Es ist nicht gut, wenn man schon auf der Flucht ist, auch noch das zusätzliche Risiko einzugehen! Also ich würde es allerhöchstens als letzten Ausweg wählen, wenn alle anderen Optionen verbraucht sind! Und selbst dann würde ich den Weg durch den Bach vorziehen."

Sie gaben sich damit zufrieden, auch Ristorin, und wir begaben uns, so klitschnass wie wir waren, auf den Heimweg. Ich war mir sicher, dass der Tag kommen würde, an welchem Ristorin den Tunnel ausprobieren würde. Er würde zwar eine Höllenangst haben, aber er würde es durchziehen, koste es, was es wolle. Davon war ich überzeugt. Schließlich war er der Mutigere von den beiden und dass er sich nicht so rasch geschlagen gab, habe ich an dem Test mit dem Baum gesehen.

Strelozio, der Vernünftigere von beiden, würde ein solches Risiko nur unter ganz besonderen Voraussetzungen eingehen. Aber ich konnte gegen den Übermut Ristorins nichts unternehmen. Hätte so etwas seinerzeit bei mir geholfen? Kaum. Genau genommen: Ganz sicher nicht! Wahrscheinlich hätte es sogar das Gegenteil bewirkt, wenn irgendjemand versucht hätte mir die Angelegenheit definitiv auszureden.

Athasonia war jedenfalls heilfroh, als wir alle wieder unbeschadet bei ihr ankamen. Nicht, dass sie sich wirklich gesorgt hätte, aber sie wusste um Ristorins Übermut und Waghalsigkeit genauso gut Bescheid wie ich.

Lomisol gehörte inzwischen genauso zum Hof, wie wir anderen auch. Unsere Leute, die ihn von seinem letzten Besuch ja schon kannten, nahmen ihn mit offenen Armen auf. Das zeigte sich vor allem darin, dass sie mit ihm einen Besuch beim Tierarzt abstatteten. Nur um sicher zu gehen, dass er nicht irgendeine unangenehme Krankheit anschleppte. Was, Gott sei Dank, auch nicht der Fall war.

So ging der Frühling in den Sommer über, und dieser wieder in den Herbst. Der goldene Herbst war eine Jahreszeit, die mir seit jeher ganz besonders zusagte. Ich liebte es durch die bunten von den Bäumen herunter rieselnden Blätter zu jagen und sie im Fallen zu fangen. Wie kleine bunte Schmetterlinge. Trotz meiner inzwischen fast schon sieben Jahre hatte ich immer noch Freude an den kindlichen Spielen.

Die Erziehung der beiden Knaben war definitiv abgeschlossen und selbst Athanasia fand, dass ich ihnen nichts mehr beibringen konnte, was sie nicht schon längst selbst besser konnten als ich.

Ja, ich muss sagen, es gab genügend Gelegenheiten, bei denen sie mir nur mitleidige Blicke zuwarfen, wenn ich versuchte ihnen etwas, für sie sowieso evidentes, klar zu machen. Schließlich ließ ich diese fruchtlosen und nutzlosen Versuche bleiben, selbst wenn ich dachte, ich hätte mich in dieser Situation gänzlich anders verhalten.

Aber die Jugend ist nun einmal immer klüger. Jedenfalls glaubt sie das und handelt auch dementsprechend. Also zog ich mich, soweit es möglich war, zurück, führte an den lauen Herbstabenden lange Gespräche mit meinem Freund Lomisol, machte lange Spaziergänge mit meiner immer noch geliebten und schönen Athanasia.

So gingen wieder einige Wochen dahin. Der nächste Winter stand vor der Türe und wir richteten uns wieder im Haus gemütlich ein. Alle, bis auf Lomisol. Er war es gewöhnt, im Freien zu leben und er dachte nicht daran, nun da er bei uns wohnte, das zu ändern.

Dann fiel der erste Schnee. Strelozio und Ristorin waren wie verrückt hinter den sanft zu Boden schwebenden Flocken her. Zuerst verblüffte es sie, dass sie hinterher nichts an den Pfoten hatten, aber schließlich erkannten sie, dass es nichts weiter als Wasser war.

Unsere Burschen, die noch keinen Schnee kannten, der letzte Winter war in dieser Region leider ohne Schnee geblieben, waren über diese weiße Pracht ganz aus dem Häuschen. Zwar hatten sie die ersten Flocken noch spielerisch gefangen, als der Schnee aber schließlich eine dicke Decke über das Land zog, gefiel es ihnen gar nicht mehr so gut.

Nichtsdestotrotz tollten sie im Schnee herum und als sie nass genug waren flüchteten sie ins Haus und auf die Ofenbank. Ach ja, die Ofenbank! Ich erinnere mich noch an meine ersten Tage an denen ich verschlungen an Athasonias Seite zufrieden schnurrend schlief. Lange, lange ist's her!

Jedenfalls, kaum dass sie einigermaßen trocken waren, ging es sofort wieder hinaus in den Schnee. Und Lomisol war der erklärte Spielkamerad, er tollte mindestens genauso herum wie die beiden Rangen, was mich sehr verblüffte, da ich mich noch sehr gut an den erschöpften Kerl, der nach jeder kleinsten Mahlzeit sofort ein Schläfchen einlegen musste. Außer wenn sie wieder ins Haus flüchteten, dann blieb er draußen und beschäftigte sich mit an der Mauer krabbelnden Spinnen.

Die beiden Buben verstanden vor allem nicht, was Lomisol veranlasste, trotz alledem nicht ins Haus zu übersiedeln. Die tägliche Jagd war, wegen des Schnees, genauso unerquicklich wie die Frustration über den geringen Jagderfolg. Es war ganz einfach nicht einzusehen, was einen um jeden Preis draußen halten sollte!

Gefährliche Spiele

Der heurige Winter zog sich dahin. So wie im Jahr davor von Schnee keine Rede war, wollte er diesmal nicht und nicht weichen. Nicht dass das die Burschen gestört hätte: Sie hatten rasch ein neues Betätigungsfeld entdeckt: Eisrutschen! War das ein Heidenspaß, auf allen Vieren über den zugefrorenen Bach zu schlittern! Sie konnten gar nicht genug davon bekommen.

Ich bewunderte ihre Ausdauer, mir wäre nach vier Rutschpartien schon langweilig geworden und hätte mir schleunigst ein anderes Betätigungsfeld gesucht. Natürlich machten sie zwischendurch, wie immer, ihre persönlichen Wettläufe, aber sofort danach waren sie wieder auf dem Eis.

Auch schien ihnen nie kalt zu werden, denn sie waren kaum dazu zu bewegen wenigstens zu den Mahlzeiten ins Haus zu kommen. Vergeblich versuchte ich sie für andere Spiele zu begeistern, Solange Winter war, war dies wohl eine Unmöglichkeit.

Selbstverständlich waren wir oft bei ihnen um ihnen bei ihrem Rutschen zuzusehen. Wir hörten Liesl einmal sagen: ‚Diesen Kätzchen zuzusehen ist besser als Fernsehen‘! Wie auch immer, selbst Liesl und Wolfi konnten sich dem Treiben der beiden Rangen nicht entziehen.

Aber der Winter ging dennoch langsam aber sicher dem Ende zu, was sich vor allem in dem dünner werdenden Eis zeigte. Immer wieder wiesen wir auf die erhöhte Gefahr der dünner werdenden Eisdecke hin, aber davon wollten sie nichts hören.

„Na, dann fallen wir eben ins Wasser, das hat uns noch nie geschadet!" gaben sie uns unmissverständlich zu verstehen.

Die Tragik dabei war, dass weder ich noch Athasonia und natürlich auch Rasione und Imolosa nicht, wussten worin die tatsächliche Gefahr eigentlich bestand. Es war mehr so eine tief verwurzelte Unruhe, die uns davor warnte. Natürlich hatten wir sie fast immer im Blickfeld, aber keiner von uns kam auf den Gedanken, sie ernsthaft und unnachsichtig davon abzubringen, weiterhin auf der dünnen Eisdecke ihre Spiele zu inszenieren.

Bis Strelozio bei einer Rutschpartie auf wirklich dünnes Eis kam und einbrach.

Glücklicherweise war ich in der Nähe und konnte das Missgeschick aus kurzer Entfernung beobachten. Strelozio hing hilflos im eiskalten Wasser und konnte sich aus eigener Kraft nicht herausziehen, da seine Krallen auf dem glatten Untergrund immer wieder ausglitten. Immerhin hielt er sich damit über Wasser.

Bevor ich richtig wusste, was ich tun sollte, tat ich das Nächstliegende: Ich schlitterte ebenfalls in seine Richtung. Dann robbte ich vorsichtig näher heran. Auf dem Bauch rutschend kam ich schließlich vor ihm zu liegen, sodass er sich an mir festkrallen und damit aus dem Wasser ziehen konnte. Es war zwar etwas mühsam, aber es gelang ihm schlussendlich doch. Er nahm einen letzten Schwung und setzte über mich hinweg.

Mit diesem Ruck zog er mich gleichzeitig zum Loch hin, welchem er gerade mit Mühe entkommen war. Und obwohl ich nicht nur größer war und eigentlich einen guten Halt hätte haben sollen, rutschte ich an seiner Stelle ins Eisloch, das nun sehr viel größer ausbrach, sodass ich mich nicht einmal, so wie er, am Rand halten konnte. Ich plumpste ins Wasser und wurde augenblicklich vom Wasser mitgerissen ... unter die Eisdecke.

Das siebente Leben

Ich schlucke wahnsinnig viel Wasser.
Verschlucke mich, huste, schlucke noch mehr Wasser.
Dann verlor ich das Bewusstsein.

Ich träumte ...
... Schmetterlinge flattern über bunte Wiesen,
... Insekten summen über saftigen Blüten,
... Vögel zirpen im nahen Wäldchen,
... ich denke, dass ich träume.

Der zarte, aber nichtsdestoweniger durchdringende Ton eines Gongs erklingt, zerreißt den unsichtbaren Schleier vor meinen träumenden Augen und vor den Gefilden dieses unglaublichen, nie geschauten Landes.

Ich liege in einer bunten, herrlich duftenden, Blumenwiese und kann mich nicht dazu entschließen, aufzuwachen.

Ich erinnere mich, wie ich als neu geborenes, ganz kleines Kätzchen verzweifelt versucht hatte, meine Augen zu öffnen ...

Ich erinnere mich, wie ich die Stimme meiner Mutter hörte, die ganz sanft zu mir sprach und mir Trost und Mut zusprach ...

Ich erinnere mich ... an meine ungestüme Jugend ...

Ich erinnere mich an all meine überlegten und unüberlegten Wagnisse, an all die Dinge, von denen ich dachte, sie längst vergessen zu haben. Und ich erinnere mich, bei dem Versuch Strelizio zu retten, ins Wasser gestürzt zu sein.

Da erhebt sich die Stimme eines Engels. Sanft.

Einschmeichelnd. Einladend, doch nicht drängend. Lockend, doch ohne etwas zu versprechen. Schwebt heran, hält inne. Bricht den Bann.

„Ich grüße dich Aspunesio!" spricht dieser Engel.

„Woher kennst du meinen geheimen Namen?" frage ich ihn verblüfft.

„Ich kenne alle Namen! Aber ich nutze sie nur demjenigen gegenüber, der ihn trägt. Du brauchst dich also nicht zu sorgen, dass Unbefugte davon Kenntnis erlangen." erwidert das Wesen, welches ich wohl nur in meinen Gedanken als Engel bezeichnete.

Erst zögernd, dann mit immer größerer Sicherheit, erhebe ich mich und betrete dieses unbekannte Land. Es liegt da vor mir wie eine saubere und friedliche, sanfte und beruhigende Landschaft. Ich bin gefangen vom Frieden, von der Schönheit, die um mich herum herrschen. Zufriedenheit umfängt mich.

Dann Erschrecken: Ich gehe auf zwei Beinen, wie die Leute! Wie die Personen, denen ich manches Mal voll Neid dabei zusah, wie sie so ganz ohne Probleme einen heißen Topf vom Herd zum Tisch trugen oder einfach Dinge nehmen und tragen konnten! Ich sehe an mir herab und stelle fest, dass ich einen wunderschönen Körper, mit dem herrlichsten Fell habe, das man sich nur vorstellen kann! Und ich habe richtige Hände, keine klobigen Pfoten!

„Wo bin ich hier? Wieso sehe ich ganz anders aus als bisher?" In meiner Verwirrung sprudle ich die Worte nur so hervor.

„Du bist eben in dein nächstes Leben eingetreten. Das bringt auch ein verändertes Aussehen mit sich!" antwortet der Engel sanft.

Mir fiel sofort wieder der ‚Unfall' mit Strelozio ein und meine einzige Sorge war: Konnte ich ihn retten? „Noch eine Frage: Hat sich Strelozio retten können?" ich musste darüber unbedingt Gewissheit haben, alles Übrige würde sich dann schon finden.

Der Engel – ich nenne ihn nur so, weil mir kein besserer Begriff dazu einfiel. Ich konnte ihn sowieso nur hören, sehen konnte ich ihn nicht, obwohl meine gesamte Umgebung sich scharf und leuchtend vor mir präsentierte.

„Selbstverständlich! Du hast ganz hervorragend gehandelt, Athasonia war sehr zufrieden mit dir, auch wenn sie dein Ableben bedauert!" Mein Engel sprach sanft, fast zärtlich, zu mir. Ganz so, als wollte er mich trösten.

Meine liebe Athasonia! An sie hatte ich noch gar nicht richtig gedacht. Wie empfand sie diese ganze Angelegenheit? Sie schien damit zufrieden zu sein, dass ihr Enkel diese Situation, hoffentlich unbeschadet, überstanden hatte. Meine Leben hatte sie ja penibel mitgezählt und vermutlich nichts anderes erwartet, als dass ich wieder – wie schon so oft in der Vergangenheit – kraft meines unvernünftigen Übermutes, auch noch mein letztes Leben verspielen würde.

„Sei nicht ungerecht dir selbst gegenüber", sprach der Engel wieder, „es war keinesfalls unüberlegter und leichtsinniger Übermut, der dich hierbei geleitet hat, sondern echte und selbstlose Sorge!" Er sagte es so, als hätte er meine Gedanken gelesen, was ja vielleicht auch der Fall war.

„Waren es also bisher doch nicht sechs, sondern sieben Leben, die ich nach und nach verbraucht habe?" fragte ich ihn.

„Ach weißt du, dieses Gerede von den sieben Leben ist in Wahrheit nur eine Metapher, nichts weiter. Aber sie hat natürlich auch ihren Sinn. Denke nur daran, was sie dir alles gebracht haben. Hast du nicht nach jedem deiner ... nennen wir sie ganz einfach ‚Leben', nicht versucht, es beim nächsten Mal besser zu machen? Hast du es nicht als ‚Lehre' empfunden und dich auf diese Art gewissermaßen ‚weitergebildet'? Bist du nicht an ihnen gereift, ohne, wie beispielsweise Lomisol, zu verzweifeln?"

Ich musste zugeben, da war schon etwas dran. „Heißt das, mein, oder besser gesagt, jedes Leben ist nur eine Lernphase für das tatsächlich nächste Leben?"

„So kann man es durchaus ausdrücken."

In der sanften Rede des Engels fällt endlich jede Sorge und alles Bedrückende von mir ab und endlich erkenne ich, dass dies ganz offensichtlich der allerletzte meiner Wege ist ...

Protagonisten

In der 1. Heimat

Sinepoi	Das vierte von fünf Katzenkindern Corsomas
Aspunesio	Der wahre Name von Sinepoi
Baghira	Der Menschenname von Sinepoi
Corsoma	Katze auf einem ländlichen Anwesen
Maunzel	Menschenname von Corsoma
Singuina, Selesia	Schwestern von Sinepoi
Rosini, Scheckli	Menschennamen von Sinepois Schwestern
Luise, Jakob	Sinepois menschliche Betreuer

Unterwegs

Lomisol	Der griesgrämige Einsiedler
Mariposa	Gefährtin von Lomisol

In der 2. Heimat

Athasonia	Die schöne Katzendame
Victoria	Athasonias Menschenname
Anneliese ,Liesl'	Athasonias menschliche Betreuerin
Wolfgang ,Wolfi'	Athasonias menschlicher Betreuer
Blacky	Menschenname Liesls für Sinepoi

Sinepois Kider

Imolosa (Essalomoi)	Das ältere Katzenmädchen
Rasione (Anesiraia)	Das zweite Katzenmädchen
Girasso (Ossoragin)	Der ältere der Katzenbuben
Sogiras (Oragissin)	Der jüngere der Katzenbuben
Moritz	Girassos Menschenname
Isirmo	Eine Nachbarskatze

Sinepois Enkel

Ristorin	Rasiones Ältester
Strelozio	Rasiones Jüngerer